FÄLLE für den Staatsanwalt

2. Auflage 1979

Redaktion: Jochen Jung

Printed in Austria by Druckhaus R. Kiesel, Salzburg
ISBN 3-7017-0198-9

FÄLLE
für den Staatsanwalt

Vier Erzählungen von

HEINRICH BÖLL
PETER HÄRTLING
ADOLF MUSCHG
GABRIELE WOHMANN

Residenz Verlag

HEINRICH BÖLL

Ein Fall für Herrn F., Herrn D. oder Herrn L.?

Wenn man leben wollte, mußte man das Gesetz brechen, weil alle Gesetze einen zum Tode verurteilten.

Isaac Bashevis Singer,
„Feinde, die Geschichte einer Liebe“

Ob ich ein Fall für den Staatsanwalt bin, möchte ich lieber nicht herauszufinden versuchen; mir sind die Verjährungsfristen nicht so geläufig, und so schweige ich über meine Nachkriegsverbrechen und spreche lieber über meine Kriegs- und Vorkriegsverbrechen; wenn ich Kriegsverbrechen sage, meine ich natürlich nicht die *wirklich* kriminelle Tatsache, daß ich mich bewaffnet in fremden Ländern herumtrieb, in Angriff und Rückzug, als Besatzung oder gar als Angehöriger einer „befreundeten Macht“ (Ungarn, Rumänien). Meine Kriegsverbrechen sind anderer Art, solche, die nicht im Sinne der Deutschen Wehrmacht, sondern gegen sie begangen wurden.
Merkwürdigerweise habe ich erst fünfundzwanzig Jahre nach seinem Ende vom Krieg zu

träumen begonnen (mögen die Psychologen herauszufinden versuchen, warum ich so spät erst davon zu träumen anfing und warum ich das merkwürdig finde). Ich träume sehr selten von dem, was am Krieg kriegerisch ist: Maschinengewehre, Bomben, Panzer (die auf einen zu, an einem vorbei, über einen weg fahren), einfache Gewehre, Flammenwerfer, Granaten, Handgranaten. Nein, das Kriegerische am Krieg scheint mich auch im Traum nicht zu interessieren: Ich brauche mir offenbar diesen Film nicht anzuschauen, in dem da müde und schmutzige Helden in irgendeinem Graben eine letzte, eine allerletzte Zigarette miteinander rauchen (teilen); man kennt das doch aus dem Kino: dieses schmerzlich sentimentale Glitzern in den Augen, das gierige (und doch kameradschaftlich begrenzte) Ziehen am glühenden Stäbchen, bevor die Granate einschlägt. Nein, ich träume nicht einmal von den Bombenangriffen auf Köln, deren ich einige saftige erlebte (und auch daran wären nicht so sehr die Bomben interessant wie ein paar Details, etwa das gemeinsame Absingen von Karnevalsschlagern war's „Kornblumenblau", „Heidiwitzka" oder „Ja, das sind Sächelchen, die's Herz erfreuen"? Ich weiß nicht mehr genau). Nein. Meine Träume gleichen eher dem Erlebnis des

Knaben in Goethes Gedicht, der den Sonntagsgottesdienst schwänzte und zuletzt von der Glocke geschnappt wird. Dieses Gedicht, entsprechend eindrucksvoll illustriert (in einer Reihe, die, glaube ich, „Der Deutsche Spielmann“ hieß), hat mich schon als Kind beeindruckt und bedrückt (später kam mir seine erzieherisch-moralische – fast schon *moralistische* – Tendenz ganz ungoethisch vor. Wer wird denn derart deutlich den Zeigefinger erheben?). Kurz: ich träume davon, daß ich geschnappt werde, und die längst verjährten Vergehen, Gesetzesübertretungen, vielleicht Verbrechen kommen spät, aber sie kommen. Nicht, weil mein Gewissen mich bedrängt, sondern – wie mir scheint – weil damals das Risiko, geschnappt zu werden, so groß war, daß es sich nun im Traum in ein Geschnapptsein verwandelt. Vielleicht könnte man sagen: das Risiko, im mehr oder weniger jugendlichen Leichtsinn eingegangen, holt mich im Alter ein. Merkwürdigerweise – mögen die Psychologen aufmerken! – träume ich nie von den Vergehen, die mir *damals* schon peinlich waren, bei denen sich damals schon mein Gewissen regte, und das war immer dann, wenn ich „legal“ etwas stahl, also jene Tätigkeit ausübte, für die das bürgerliche Gewissen, dem das Eigentum so heilig ist, das Idiotenwort „organisieren“ erfunden hat. Diese Form des Schmunzeldiebstahls, dem die Deutsche Wehrmacht so nachdrücklich gehuldigt hat, war mir immer widerwärtig, und doch bin auch ich ihrer schuldig: Hemden, Zigaretten, Wein, Sekt, Socken, Kartoffeln (lauter vergängliche Dinge, wie man sieht, für unvergängliche, für *dauernde* Werte fehlte die Transportmöglichkeit: Lastwagen, Flugzeuge, Eisenbahnwaggons – ich war nun einmal bei der Infanterie, und da schleppt man möglichst wenig mit). „Bleibende Werte“ – das ist sowieso ein Witz: was bleibt schon? Nein, ich träume nicht von diesen Diebstählen, die wohl alle durch das Schmunzelidiotenwort „organisieren“ gedeckt wären. Mein Gewissen ist, was diese Übergriffe betrifft, verheilt, vielleicht vernarbt. (Nein: nicht ganz. Ich denke manchmal noch an das Damenfahrrad, das ich in einem Dorf bei St. Omer vor einem Haus wegnahm, um rechtzeitig den Urlauberzug zu erwischen; ich *weiß* nicht, aber ich hoffe, daß seine Besitzerin es wiederbekommen hat; dieses Damenfahrrad hat mein Gewissen so schwer belastet, daß ich fünf Jahre später um eines anderen, nicht gestohlenen, sondern geliehenen Fahrrads willen, das ich unbedingt zurückbringen wollte, in Kriegsgefangenschaft geriet – was ich, wäre dieses Herrenfahrrad nicht gewesen, hätte vermeiden können; man sieht: ich habe gebüßt: sieben Monate Kriegsgefangenschaft um eines Fahrrads willen, das wahrscheinlich ohnehin irgendwo verrostet wäre – aber ich bin nun einmal im Punkt Fahrräder empfindlich, und man muß natürlich wissen, daß Fahrräder in Kriegs- und Nachkriegszeiten kostbarer sind als Pferde – die ja fressen müssen – oder Autos oder gar Flugzeuge.)

Was ich legal, im Sinne von „organisieren", gestohlen habe: das habe ich abgebüßt, aber warum, warum, so frage ich mich, muß ich im Traum noch büßen für Vergehen, die mein Gewissen nie belastet haben, bei denen ich nicht geschnappt worden bin, bloß hätte geschnappt werden können? In welchen Tiefen spielt sich da *was* ab? Warum kommen diese Träume so spät, Träume, in denen mir meine Gewissenlosigkeit vorgeworfen wird, natürlich auch die Vergehen oder Verbrechen als solche, aber mehr noch die Tatsache, daß sich „mein Gewissen nicht gerührt hat"?

Es wäre falsch, anzunehmen, daß der gestrenge Gerichtsvorsitzende, der da in meinen Träumen bedenklich sein Haupt schüttelt und Zeigefinger schwenkt, versucht, mein Gewissen *wachzurütteln;* dem es nicht genügt, mich, wie das Gesetz es befahl, zu bestrafen; der ebensoviel (wenn nicht mehr) Wert darauf legt, in meinem Gewissen, und gar mit konfessionellen Argumenten, Leben zu erwecken; es wäre falsch zu sagen, daß dieser Herr Filbinger heißt, noch falscher zu sagen, daß es Filbinger *ist,* ebenso falsch zu sagen, daß es *nicht* Filbinger ist oder er *nicht* Filbinger heißt. Verflucht, natürlich ist es nicht Herr Filbinger in seiner gesamten und imponierenden realistisch-naturalistisch landesherrlichen Wirklichkeit. Dieses unsinnige Gerede über Wirklichkeit. Er ist es und er ist es nicht. Das Peinlichste an ihm ist, daß er *aufrichtig besorgt* um mich ist. Es will ihm nicht in den Kopf, daß meine einzige Sorge die war, geschnappt zu werden. Hatte ich sonst keine? War mir die Deutsche Wehrmacht *als solche* denn *so* gleichgültig? „Trifft es denn wirklich zu, Schütze (Oberschütze, Gefreiter, Obergefreiter) B., daß Ihnen Fahnenflucht *als solche* nicht als Vergehen erschien, daß nur die Angst vor der Strafe Sie daran hinderte, sie bloß zweimal zu begehen?" Ich nicke und nicke, auch als er mir Entfernung von der Truppe, Urkundenfälschung, Diebstahl von Urkunden (Urlaubsscheine und Marschbefehle), Entwendung mehrerer Stempel, Verkauf von Wehrmachtseigentum, *Verschenken* von Wehrmachtseigentum an Untermenschen, versuchte Selbstverstümmelung, Urlaubsüberschreitung vorwirft. Ich nicke und nicke, ich bin geständig, und weil dieser ordentliche Mensch sich selbst mehr quält als mich, suche und kratze, kratze und suche ich, so etwas wie Reue, oder wär's auch nur so etwas wie Bedauern, in meiner verderbten Seele zu finden: ich finde es nicht. „Und (leise, fast flüsternd) trifft es zu, Obergefreiter B., daß Sie katholisch sind?“ Ich nicke. Er schüttelt den Kopf. Verflucht, soll ich ihm etwa meinen Taufschein vorlegen? „Und es ist Ihnen nicht eingeprägt worden, daß man Befehle ausführt, Gehorsam nicht verweigert, Staatseigentum nicht verkauft, sich nicht unerlaubt von der Truppe entfernt, sich nicht urkundliches Material aneignet?“ Es will ihm nicht in den Kopf und mir nicht ins Gewissen. Reumütig gebe ich zu, zwei Seidenhemden in einem Dorf nahe Amiens geklaut, ein Fahrrad entwendet zu haben – aber *das* interessiert ihn merkwürdigerweise nicht. Was *mich* interessiert, interessiert *ihn* nicht, und was ihn interessiert, interessiert mich nicht. Sprechen wir zwei verschiedene Sprachen, gehören wir zwei verschiedenen Konfessionen an? Verflucht, wußte er etwa nicht, daß *auch* deutsche, nicht nur italienische oder österreichische Katholiken hin und wieder klauen? Die unvermeidliche Frage kommt: „Sind Sie Rheinländer?“ Ich nicke. Klauen Schwaben etwa nicht? Was soll das? Geht es hier um Konfessionen und Regionen, oder geht es darum, daß wir beide nicht einmal andeutungsweise kongruent sind, sondern einfach einander fremd? Soll er mich doch bestrafen, nachträglich, wenn's sein muß sogar posthum, aber muß er mich auch noch bekehren, muß er mich auch noch überzeugen?

Vielleicht kann man sich vorstellen, wie quälend diese Art von Kriegsträumen ist. *Einsicht* wird von mir verlangt, aber ich kann einfach nicht einsehen. Es ist Herr F. und er ist es nicht. Um des Himmels willen, wann werden wir endlich begreifen, was es mit dieser verfluchten „Wirklichkeit“ auf sich hat: wie kann der Herr Filbinger wirklich und wahrhaftig aus seiner Staatskanzlei in den Traum eines anarchistisch angehauchten Zeitgenossen herabsteigen? Das geht doch gar nicht, das gibt's doch gar nicht. Da vermischen sich in meinen Träumen Vergangenheit und Gegenwart, nicht nur auf eine sur-, sondern auf eine gänzlich unrealistische Weise, und er pruckelt und pult und pult und pruckelt in mir rum, blättert in meinen „Papieren“, murmelt „Rheinländer“ (als wär's ein Verbrechen, ein angeborener Makel, aus dem

Rheinland zu stammen, wo es doch die „Wacht am Rhein“ gab und den Dombauverein). Oder – im Traum wird mir bang ums Herz, sehr, sehr bang – ist es etwa Herr Dregger, mein potentieller Kompaniechef oder Bataillonskommandeur, dem meine regionale Herkunft so wenig gefällt wie meine Konfession, die auch die seine ist. „Wenn Ihnen schon die Deutsche Wehrmacht völlig gleichgültig war (ist), hätten Sie dann nicht wenigstens deren Eigentum respektieren können?“ Irgend jemand, den ich nicht erkennen kann, murmelt etwas von moralischem Schwachsinn, der fast unter § 51 fiele, aber ich plädiere gegen diese Stimme des Unbekannten, daß ich „moralischen Schwachsinn“ (so gleichgültig mir diese Entlastung *an sich* wäre) nicht beanspruchen möchte, denn ich hätte zwar alles oder, genauer gesagt, *fast* alles verscheuert, aber Waffen nie. Ehrlich: Waffen habe ich nie verscheuert. Es gab da eine Grenze: Waffen nie, und es war wiederum nicht mein Gewissen, auch nicht andeutungsweise meine Moral, die mich daran hinderten, sondern – Gott sei's geklagt! – mein Schönheitssinn, vielleicht sogar meine Phantasie. „Was Waffen anrichten“, plädiere ich, „ist einfach unschön. Eine Wehrmachtsdecke, ein Wehrmachtsmantel, sie mögen *zwei* magere oder *eine* dickere russische Oma

gewärmt haben, ein paar Socken sind immer willkommen. Stiefel – wenn Sie die Schlammperioden auf dem russischen Lande bedenken, meine Herren – sind äußerst nützlich, auch Schuhe sind willkommen, ein Pelzkragen kann auf wunderbare Weise neuralgische Beschwerden heilen, aber Waffen, meine Herren, Waffen richten Unschönes an. Ich mag von moralischem Schwachsinn nicht weit entfernt sein, aber mein Schönheitssinn ist intakt. Ich bestehe darauf. Ein Wehrmachtsschal kann einem frierenden Säugling das Leben retten, ein Kopfschützer kann Wunder bewirken, aber Waffen: nie."
Immer werde ich nur angeklagt, nie verurteilt, und immer bohrt man an jener (welcher)? Stelle meiner Seele herum, wo mein Gewissen sitzen müßte. Hin und wieder tritt so eine Art Beisitzer auf, der nicht nur Leber heißen, sondern sogar Leber *sein* könnte, auch er – verflucht nochmal – katholisch, und er tut etwas ganz Falsches, etwas, das die Sache, diese Fremdheit zwischen uns allen, noch verstärkt: er erinnert mich an meine Mutter, er sagt ungefähr: „Gefreiter B., aber denken Sie doch einmal an Ihre brave Mutter, was würde die denn sagen, wenn sie erführe, was ihr braver, gutkatholisch erzogener Sohn H. getan hat; was Sie getan haben? Haben Sie denn gar kein Gefühl in der

Brust?" Von diesem Augenblick an ist auch theoretisch keine Verständigung mehr möglich, die Fremdheit (keine Entfremdung, Fremdheit!) endgültig etabliert, denn der Alptraum wird zur Komödie, aus der ich erleichtert erwachen werde. Ich lache – im Traum. Denn die oben von Herrn L.(?) erwähnte Dame, meine Mutter, wäre wahrscheinlich nur enttäuscht gewesen über die Geringfügigkeit meiner Vergehen, sie war es nämlich, die mich im relativ zarten Alter – vierzehn, fünfzehn mag ich gewesen sein – gelegentlich *bat,* die Unterschrift meines Vaters oder meines älteren Bruders unter einem Wechsel zu fälschen. Nicht allzu oft, vielleicht sechs- bis siebenmal, und nicht zum eigenen Vorteil, nicht einmal zum Nachteil derer, deren Unterschrift ich fälschte. Wir taten's einzig und allein, weil uns das fürchterliche Gebimmel der Gerichtsvollzieher auf die Nerven ging. Ja, es ging uns schrecklich auf die Nerven! (Zeugin dafür: meine Schwester G.!) Wir wußten natürlich, daß diese Leute nur ihre Pflicht taten, und sie waren meistens regelrecht nett (wirklich: die meisten Gerichtsvollzieher waren regelrecht nett), aber *sie* standen unter Zwang, *wir* standen unter Zwang, und wenn sie allzu lange und allzu heftig bimmelten, fiel das Nadelkissen herunter, das wir zwischen

Glocke und Klöppel gesteckt hatten, und dann ging's eben an die Nerven – Nerven inmitten der tiefsten Talsohle einer Weltwirtschaftskrise! Nun, dann öffneten wir eben die Etagentür, ließen den Herrn herein, und meine Mutter (die von Herrn L. soeben im Traum erwähnte Dame!) überredete ihn, mal wieder einen Wechsel zu nehmen (das war, glaube ich, gar nicht erlaubt, aber es war eben doch „mehr als nichts", und es gab einem – was die anstehende Summe betraf, nicht generell! – drei Monate Zeit, und da uns noch nie ein Wechsel „geplatzt" war, obwohl wir permanent Wechsel „ritten", war so ein „Papierchen" vielleicht sogar mehr als nur „mehr als nichts". Meine Mutter war in diesem Punkt vollkommen gewissenlos – wie ich. Mir machte das sogar Spaß. (Wer je wegen Gerichtsvollziehergebimmels ein Nadelkissen in die Klingel hat klemmen müssen, wird Nachsicht mit mir haben.) Beim erstenmal kopierte ich von einem eingelösten Wechsel mit Bleistift und Pauspapier sorgfältig die Unterschrift meines Vaters durch und zog sie dann sorgfältig mit dem Füllfederhalter nach. Eins möchte ich betonen: Unterschriften gefälscht habe ich bei der Deutschen Wehrmacht nie. Ich klaute Urlaubsscheine und Marschbefehle immer *mit* Unterschrift, fälschte dann nur das „Marschziel“ oder die Urlaubsdauer. Vielleicht war das gar nicht Urkundenfälschung, sondern nur „strafbare Veränderung eines amtlichen Dokuments“.

Wir wollen hier nicht um die Begriffe feilschen: das alles ist verjährt und doch offenbar nicht vergangen. „Unbewältigte“ Gegenwart, wie sie aus den Physiognomien mancher Politiker erst seit sechs oder sieben Jahren, *verwandelt* natürlich, nicht *wirklich*, in meinen Träumen auftaucht, in Form von Verhören, Belehrungsversuchen. Es werden nie Strafanträge gestellt, kaum Anklägerplädoyers gehalten, man möchte mich nur so gern *verstehen*, aber man versteht mich nicht. Mir wär's lieber, sie bestraften mich – im Traum, dann wäre ich sie los, sie mich, aber diese (ich muß schon sagen) schleimig-schneidig gemischte Art, mein Gewissen *wachzurütteln*, das geht mir auf die Nerven wie Gerichtsvollzieherbimmeln.

Über meine Nachkriegsverbrechen vielleicht später einmal, wenn ich mich der Verjährungsfristen vergewissert habe. Es gibt da nämlich so ein Druckwerk, das heißt „Deutschlandmagazin“ (nein, politische Pornographie ist das *nicht)*, und man weiß ja nie, wer da Anklage erhebt oder Klage einreicht und was Gerichtsverhandlungen oder Prozesse sonst noch sein mögen: lästig sind sie immer. Aber da auch dieses Verbrechen längst verjährt ist, möchte ich es noch gestehen: *Zersetzung* der Wehrkraft (leider mit geringem Erfolg!).

Mai 1976

PETER HÄRTLING

Für Ottla

Sehr geehrter Herr Gerichtspräsident,
ich sende Ihnen diesen Bericht, ohne von Ihnen dazu aufgefordert zu sein, ohne einen für Sie wichtigen Anlaß und ohne eine für Sie faßbare Schuld. Dennoch hoffe ich, Sie legen die Seiten nicht weg und lesen Sie bis zum Ende. Sie haben, ich versichere es Ihnen, nichts zu fürchten, obwohl ich mir wünsche, meine Erzählung lehrte Sie die Furcht. Aber darüber sind Sie, sind wir hinaus.

Seit langem verfolgen Sie die erinnerungslosen Schergen Hitlers und sprechen sie, deren Spuren von der ausdauernden Lüge und der gnädigen Zeit verwischt wurden, sogar frei. Ich zähle mich zu denen, deren Gedächtnis von Wut und Trauer aufgewühlt wird, die, wie man ärgerlich behauptet, nicht vergessen können. Doch wovon lebt das Recht? Von der Vergeßlichkeit aller? Oder nicht minder von der beharrlichen Erinnerungsfähigkeit einiger? Welche Zukunft könnten wir uns zumessen, wären wir unserer Vergangenheit nicht streitend und abwägend sicher? Wir, die wir heute zwischen vierzig und fünfzig Jahre alt sind, erfolgreich oder schon abgeschlagen, haben fast alle unter den Verdrängungen und Vertuschungen unserer Väter gelitten. Ihr Schweigen trieb uns in die Anpassung. Erst unsere Kinder, die

Kindeskinder unserer Väter, ertrugen die Verknüpfung von Lüge und Wohlstand nicht mehr und versuchten auszubrechen. Die meisten von uns können sie nicht verstehen. Aber haben wir uns ihnen je erklärt, gab es Ziele hinter dem emsig gehäuften Besitz, Entwürfe für Menschenwürde, Freundlichkeit? Warum verzagten wir so rasch, als es um die Bereinigung der väterlichen Untaten ging? Warum erblindeten wir erneut auf dem rechten Auge?
Ich habe meine Erzählung eingangs einen Bericht genannt. Sie können meinen Bericht auch als Erzählung lesen, Herr Gerichtspräsident, nur sollten Sie dennoch Stefan Woyta nicht als meine Erfindung verstehen, sondern als Ihre.

Der Bericht

Vor einigen Wochen hängte ich an der Stirnwand meines Zimmers ein Bild auf, das ich seit mehr als einem Jahr besitze und das ständig vor Augen zu haben ich mich scheute. Es ist ein schlichtes, in aller Ruhe nacherzählendes Blatt. Als Vorlage diente ihm ein Foto, das der Wuppertaler Maler Gerd Aretz lithographisch vergrößerte, in seiner gespannten Mitteilungskraft verstärkte. Die Fotografie kannte ich seit langem. Ich habe mich vor ihr ein wenig gefürchtet. Sie hörte nie auf zu reden. Und es war –

ich bin nicht sicher, ob Sie dieses Paradoxon begreifen – das Reden von Stummen.
Auf dem Bild stellen sich zwei Personen einem unbekannten Fotografen, ein junger Mann und eine junge Frau. Er hält sich etwas im Hintergrund, lässig und heiter. Es scheint, als halte er in einem Glücksmoment inne, dem er nicht trauen kann. Vielleicht hat er sich für den Fotografen so nobel gekleidet, mit einem gut geschnittenen Anzug und einer Weste, vielleicht ist der Anlaß für die Aufnahme ein häusliches Fest gewesen. Sie gingen, als das Licht günstig war, kurz nach draußen.
Der junge Herr lehnt sich, seine Überlegenheit betonend, gegen eine Säule am Portal. Da er aber groß und mager ist, gerät die souveräne Attitüde etwas unbeholfen. Einen halben Schritt vor ihm steht die junge Frau. Sie trägt, festlich wie er, ein knöchellanges, weites, schwarzes Kleid, das am Hals von einem weißen Kragen gefaßt ist. Der Fotograf hat sie mehr gesehen als ihn. Und zu Recht. Ihn wird, wie den nachträglichen Betrachter, die ungefüge Würde dieses Geschöpfs gerührt haben. Man schaut in das Gesicht eines Mädchens und weiß, wie es altern wird. Das Lächeln wird sich eingraben, die noch zarten Schatten werden neben Falten stehen. Doch nicht ihres Gesichtes

wegen zieht das Mädchen die Aufmerksamkeit so nachdrücklich auf sich. Es ist ihre Haltung. Und diese wiederum wird beredt in den Armen, genau gesagt: in den Unterarmen, die von den Ärmeln frei sind. Sie wirken sonderbar entblößt, schwer. Die Hände sind geöffnet, und man hat den Eindruck, sie erwarteten, von Nägeln oder Dornen verletzt zu werden. Es sind große, arbeitskundige Hände; als tüchtige Hände würde man sie beschreiben, gäben sie nicht ihre Hilflosigkeit so preis. Da die junge Frau auch noch andeutungsweise nach vorn geneigt steht, glaubt man, ein unsichtbares Gewicht zu spüren, das sie mit unbezwingbarer Freundlichkeit schleppt.

Die beiden, die ich zu beschreiben versuche, sind Franz und Ottla Kafka. Aufgenommen wurde das Bild vermutlich 1914 vor dem Oppeltschen Haus in Prag, in dem die Familie Kafka wohnte. Franz ist einunddreißig Jahre alt, Ottla zweiundzwanzig.

Ich nehme an, Herr Gerichtspräsident, daß der Ruhm dieses Mannes Ihnen nicht entgangen ist. Ich wüßte auch keinen Dichter, der den ausgeklügelten Irrwitz der Bürokratie in seinen Erzählungen derart penibel wiedergegeben hat und der sich, schreibend, dem Gesetz so beugte, einem Gesetz, das auszulegen Sie allerdings kaum fähig sein werden. Er war, Sie wissen es, Jude, Prager Jude, und schrieb ein makelloses Deutsch, das jene, die später in mörderischen Kommentaren, Erlassen und Gesetzen über Juden urteilten, mißbrauchten und verdarben. Ich kann mir vorstellen, daß solche Sätze Sie beunruhigen. Man schreibt so etwas heute nur noch selten, es herrscht die Meinung vor, die Vergangenheit sei zur Geschichte geworden, und über diese urteile allein ein noch unbestimmter Weltgeist.

Um Sie aber nicht voreilig zu verstimmen, will ich gleich anmerken, daß Franz Kafka in meinem Bericht keine Rolle spielt. Mir geht es um Ottla.

Was ich von ihr weiß, habe ich gelesen: Bruchstücke eines Lebens, dem keine Aufmerksamkeit galt, das keinen Widerhall findet in gescheiten oder vorlauten Notizen. Niemand hat ihrem Leben zugesehen. Ich habe sie mir sichtbar gemacht. Jetzt kann ich, mit Hilfe anderer, von ihr erzählen.

Sie tritt aus dem Bild, nicht er. Er bleibt stehen, richtet sich nur auf, wischt mit der flachen Hand den Staub vom Ärmel. Er hatte sich gegen den Stein gelehnt, und nun übertreibt er seine Sauberkeit. Sie wendet sich ihm zu, so daß ich ihren gedrungenen Rücken sehe. Ich höre sie

reden. Erst kann ich sie nicht verstehen, denn sie spricht eine jener unverständlichen Sprachen der Erinnerung und des Traums. Ihre Stimme gleicht der einer meiner tschechischen Tanten. Sie kommt füllig und schwer aus der Kehle. Ottla spricht ein vom Tschechischen kräftig eingefärbtes Deutsch. Es ist die Sprache meiner Kinderjahre, über deren verrückte Wendungen ich mich später lustig machte, vielleicht um ihrer drastischen Nähe zu entwischen, eine Sprache, die hätschelt und wärmt, voller Lust Bilder ausrollt und listig auf der Hut bleibt.
Hast dich auch so postiert, daß man dich schön findet?
Er lacht.
Gehn wir ein bissel bummeln?
Er läuft ihr nach.
Sie verschwinden hinterm Rand des Bildes.
Aber ich kann sie zurückholen, in eine andere Umgebung, die mir vertraut ist, die, wenn ich Stichwörter höre, sich um mich herum aufbaut, Kulissen der eigenen Vergangenheit. Die Stichwörter gibt mir Anna Maria Jokl, die über ihre Freundschaft mit Ottla einen Aufsatz schrieb, ein paar Seiten, die dieses Leben zusammenfassen, gescheit und ohne jede Übertreibung.
„Auf dem Kohlenherd schmorten immer volle Töpfe, alle Arten von Speisen, und die Kinder

und der Mann aßen, wann und was sie wollten."
Das kenne ich: die Küche, die Kuchel, als Zuflucht, als Wärmestube und Warteraum, als Ort für kleine, nichtssagende Wortwechsel. Es herrscht ein dauerndes Kommen und Gehen. Der eine hebt nur den Deckel vom Topf, schnüffelt in den Dunst, verschwindet, die andere holt sich aus der Anrichte einen Teller, schöpft ihn sich voll, setzt sich an den Tisch, über den ein mit Leukoplast geflicktes Wachstuch gebreitet ist, löffelt stumm. Eines der Kinder will wissen, wo das Kleid sei, an dem der Saum lose ist. Es liege, wie es sich gehört, in der Kommode, und der Schaden sei längst behoben. Der Mann kommt herein, stellt die vom Regen schweren Schuh neben den Herd, damit sie rasch trocknen. Er setzt sich an den Tisch, seufzt, starrt vor sich hin. Die Küche bewahrt alle Geräusche auf, Seufzer, Schreie, Geflüster, Flüche. Sie hört zu und schweigt. Auf jeden Fall ist es hier immer warm. Und im Sommer stehen die Fenster auf, und jeder, der über die Schwelle tritt, durchquert erst einmal den Raum, lehnt sich übers Fensterbrett und guckt hinunter auf die Straße.
In all diesem Wechsel sind sie immer gegenwärtig: Babitschka, Tante Manja oder Ottla. Sie

fangen alles auf und reden nicht viel. Sie halten, was ihnen zugemutet wird, aus. Und sie hüten sich, nachzudenken, ins Grübeln zu geraten, denn dann würden sie wahrscheinlich alles stehen und liegen lassen, der aufgestauten Wut nicht mehr Herr werden. So schuften sie, kochen, backen, flicken, putzen, geben knappe Auskünfte, stehen zur Verfügung. Wenn es dem anderen guttut, weinen sie zum Trost mit. Sie notieren mit Bleistiftstümpfen auf kleinen Zetteln, was beim Bäcker, in der Markthalle einzukaufen sei, und rechnen, ohne jemanden ins Vertrauen zu ziehen, verzweifelt nach, ob das Geld in der abgegriffenen Lederbörse für die Woche reiche. Sie täuschen Fülle vor, Ruhe und teilen ihre Gefühle sparsam und sorgsam mit den andern.

„Wenn es je eine rätselhafte Mesalliance gegeben hat, so hier.“ Ottla hat Dr. jus. Josef David vor dem Krieg kennengelernt, 1912 oder 1913. Ich denke mir Situationen aus, wie. Ob in einer Gesellschaft oder ob er sie, nachdem er ihr einige Male auf der Straße begegnet war, angesprochen hat oder in einem Konzert, bei einer Vereinsveranstaltung? Er wird nicht einfallsreich gewesen sein, eher plump und unverdrossen.

Darf ich mich Ihnen vorstellen, gnädiges Fräulein? Auf eine Weise kennen wir uns ja schon. Josef David.

Sie kichert nicht, wie es in den Büchern der Zeit steht, den jungen Mädchen gewissermaßen vorgeschrieben ist. Ottla blickt ihn ernst an, nennt ihren Namen und wiederholt, was er gesagt hat: Auf eine Weise kennen wir uns ja schon.

Er ist beinahe um zwei Köpfe kleiner als sie.

Er ist Tscheche, Christ und nicht Jude.

Er ist fröhlich, immer fröhlich.

Er redet von sich und sieht lachend durch sie hindurch.

Ottlas Eltern wehren sich gegen ihn, den kleinen, lauten Tschechen. Nicht, weil er klein und laut ist – immerhin hat er eine akademische Laufbahn vor sich, und das ist nicht zur verachten –, sondern weil sie für Ottla schon einen Mann gewählt haben, den sie von Kind auf kennen, der Jude ist und kein Goy. So haben sie auch für Elli und Valli, Ottlas Schwestern, vorgesorgt. Und die widersetzten sich nicht, sprangen nicht aus dem Reglement wie Ottla. Warum gerade sie, die Brave und Demütige, wieso ist gegen ihre Renitenz nicht anzukommen?

Sie können es sich nicht erklären.

Aber sie hat immer ihren Kopf durchgesetzt, hat dabei nie gewütet oder sich gebrüstet. Da,

außer Franz, sie keiner durchschaute, verblüffte sie ständig ihre Umgebung.
Der Bruder wußte es besser.
Manchmal, an Nachmittagen oder Abenden, hatten sie sich ins Badezimmer zurückgezogen, die Tür verriegelt und sich flüsternd unterhalten. Er hatte alle seine Ängste ausgebreitet, einen Teppich voller wüster Traumbilder, und sie hat ihm beruhigend ihre Wirklichkeit eingeredet.
Manchmal streichelte sie ihn, nahm ihn in die Arme.
Wahrscheinlich lieben wir uns.
Red nicht so blöd daher.
Aber es stimmt, Ottla.
In deiner Phantasie, Franz, die hab ich nicht.
Wenn sie jetzt, in der Kuchel, Josefs Lautenspiel lauscht oder den beiden Töchtern, Vera und Helenka, das Nachtmahl vorsetzt, wenn sie das Geschirr spült, die Teller in der Vitrine stapelt, stets an derselben Stelle, denkt sie oft an den Bruder, der seit Jahren tot ist, dessen Bücher, die sie nicht ohne Mißtrauen gelesen hat, berühmt sind und derentwegen sie mitunter von jungen Leuten besucht und ausgefragt wird.
Was soll ich sagen? Er war halt ein verschlossener Mensch. Mit Josef unterhält sie sich nie

über Franz. Die Briefe, die er an sie schrieb, hat sie sorgfältig verwahrt. Er hatte ihr geraten, sie in Schnitzeln vom Balkon den Hühnern hinzustreuen. Manche weiß sie auswendig.

„Liebe Ottla, wir spielen ja nicht gegeneinander, sondern wir haben ein gemeinsames Spiel und sitzen beisammen, aber eben weil wir einander so nah sind, unterscheiden wir nicht immer, was der andere will, ob stoßen, ob streicheln."

Sie hat, allmählich, unterscheiden gelernt.

So ungeregelt ihr Tag verläuft, so aufgelöst in zahllose kleine Verrichtungen, die sie oft selbst überraschen, so geregelt scheint den beiden Kindern das Leben. Sie flüchten in Ottlas Wärme, und sie überschüttet sie mit immer denselben Trostwörtern, hält sie kindisch, will nicht, daß sie mehr wissen als nötig, die Hascherln, treibt Angst aus ihrem Umkreis und wäre imstande, ein Erdbeben zu verleugnen, die Kinder würden es ihr glauben.

Wie viele Sätze hat sie im Laufe der Jahre mit Josef gewechselt?

Sie flüchtet sich in Rituale. Nie wird sie aufbegehren, sagen: Deine Selbstsucht reicht mir, deine platte Heiterkeit martert mich; daß du nichts kennst, als den Weg zwischen Kanzlei und Küche, macht mich verrückt.

Spielt er Laute, singen sie und die Kinder mit.
Sie sprechen mehr Tschechisch als Deutsch.
Wenn Karl und Elli uns am Sonntag besuchen kommen, könntest du zum Schweinsbraten Karfiol überbacken. Für den hab ich eine Vorliebe.
Dabei ißt sie nie Fleisch.
Und viel Kümmel zum Schwein.
Hab ich ihn je vergessen?
Nein. Und zum Nachtisch die Topfenkolatschen. Die gelingen dir immer.
Sie schreibt sich alles auf, wie ein Kind. Es fragt sich, ob sie sich oder ihn verspotten will.
Ist sie noch jemand? In der Familie wird gesagt: Ottla ist die Güte selbst.
Sie weiß es besser. Nur gibt ihr die Zeit noch keine Gelegenheit, sich zu entscheiden.
„Ihr ‚Du' zu ihm kam immer zögernd." Ottla und Josef David waren, als Anna Maria Jokl sie kennenlernte, dreizehn Jahre verheiratet, kannten sich seit fast zwanzig Jahren. Es ist kaum vorstellbar, daß sich da nicht Vertraulichkeit einstellte, Gewöhnung das Du nicht erleichterte. Oder hat sich die Fremde in der Nähe vertieft? Womöglich hat sie die banale Beständigkeit seiner Existenz unterschätzt?
Nachdem die Mädchen geboren waren, konnte sie sich von ihm abwenden, ohne daß sie ihn

verletzen mußte. Sie war für alle da, gebrauchbar, fast ein Gegenstand.
Laß mich in Frieden mit solchen Lappalien, geh zur Mutter, Helenka.
Im Grunde brauchte es gar keine direkte Anrede mehr:
Möchtets Ihr, daß wir am Sonntag zu Elli fahren, zu den Cousinen?
Möchtets Ihr, daß ich zur Feier des Tages Buchteln backe?
Mir scheint es, als seien solche Sätze in der leer gewordenen Wohnung an der Bilkowa 4 liegengeblieben, Rudimente eines erträglich geordneten Alltags, ungefüg und mit einem melancholischen Beiklang wie in Ottlas kurzen Briefen: „Ich bin froh, daß ich hier allein bin, ich schätze mir diese Freiheit ... Das Lernen geht besser, wenn ich allein bin, und die Freizeit ist für mich wirklich frei nur dann, wenn ich allein bin oder mit jemanden, der mir so nahe ist und den ich so kenne wie Irma und den Bruder", hatte die Zweiundzwanzigjährige an Josef David geschrieben. Damals arbeitete Ottla auf dem Gut eines Onkels in Zürau.
Dreifach betont sie das Glück des Alleinseins.
Später hatte sie kaum mehr Gelegenheit dazu und ungestört in den Gedichten Goethes zu lesen.

Sie fügt sich. Aber sie verliert die Gabe nicht, mit sich allein auszukommen. Das bleibt ihre Kraft.

Ich wünsche mir, daß sie wenigstens einmal um sich schlug, sich wehrte. Vielleicht, als die Nachrichten aus dem Deutschland Hitlers immer bedrückender wurden, als immer mehr Juden aus dem Reich nach Prag flohen, als in Reichenberg und anderswo in den Sudeten die Horden Henleins übermütig wurden, als die Regierung Beneschs nur halbherzig Drohungen zurückwies, als Chamberlain und Daladier mit dem Diktator über einen Frieden verhandelten, an den keiner mehr zu glauben wagte.

Als dies alles verschwiegen wurde, fing sie an zu schreien. Warum reden wir nicht? Warum?

Die beiden Mädchen sehen sie erschrocken an, und Josef antwortet leise: Was könnte es nützen?

Weil es uns ersticken könnte, weil ich daran ersticke.

Du übertreibst.

Ist es meine Art, zu übertreiben?

Nein. Nur verlierst du jetzt die Nerven.

Wieso soll ich die Nerven verlieren, wenn deiner Meinung nach alles still ist?

Uns geht es nichts an.

Dich vielleicht nicht.

Da spürt sie schon, daß sie zu weit gegangen ist, die Häuslichkeit gestört hat. Sie nimmt die Angst, die laut wurde, zurück, behält sie wieder für sich, schließt sie ein. Sie faßt Helenkas Hand, die den Löffel nicht losläßt, und sagt: Wir leben ja nicht übel. Was soll man sich künstlich aufregen.

Ottla fragt sich, warum sie mehr weiß und den anderen voraus ist, warum Josef das für Furcht hält, was sie sicher und selbständig werden läßt.

Sie geht mit den Kindern spazieren, kauft ein, sparsam wie üblich, und horcht sich um. Die Sprache hat sich verändert. Freundlichkeit verkehrt sich in Hohn, Gesten, auf die man vorher nicht achtete, treffen einen in ihrer Feindseligkcit.

Du redest dir das ein!

Du redest dir das ein!

Josef wiederholt, was sie sich selber sagt. Die Kinder heulen öfter als sonst. Sie erzählt ihnen von Zürau, Schelesen und von Onkel Franz, worüber sie sich wundert.

Hast du Kühe melken müssen, Mamitschka?

Und Gänse stopfen?

Würdest du das noch können?

Warum nicht?

Weshalb fahren wir nicht hin?

Weil es jetzt nicht geht.
Jetzt?
Ich hab dumm dahergeredet. Vielleicht fahren wir bald.
Sie reden, reden, und die Sätze kehren ungehört und ungeglaubt zurück. Schließlich ziehen sie das Schweigen vor. Die Kinder sitzen über ihren Schulbüchern.
Ihr müßt lernen. Das ist wichtig für Euer ganzes Leben. Josef liest ausdauernd in der Zeitung oder spielt Laute.
Haben sie, selten genug, Gäste, hören sie zu. Fragt einer nach dem Dichter, Ottlas Bruder, winkt sie ab.
Ich weiß wenig von ihm. Bitte. Ich möcht Ihnen nichts Falsches sagen. Fragen Sie das Fräulein Anna Maria oder Herrn Doktor Brod. Er war mit ihm befreundet.
Es kommt vor, daß sie ihren Bruder im Traum sieht.
Meistens allein, ab und zu mit Felice Bauer oder Grete Bloch oder mit Milena.
Er öffnet den Mund, doch kein Ton dringt über seine Lippen.
Kannst du mich verstehn, Ottla?
Warum begreift sie plötzlich diesen einen Satz?
Nein, Franz.
Siehst du. Du hast es verlernt.

Sie wacht auf an einem Schmerz, der sich derart knäult, daß sie ihn fassen und wie einen Klumpen ausreißen könnte.
Laß mich, wenn du kannst, in Frieden!

Nach dem Einmarsch der deutschen Truppen und der Deklaration eines Protektorats Böhmen und Mähren blieb Ottla ruhig, fast apathisch. Einmal sagte sie, ohne jemanden anzusprechen: Ich hab es gewußt. Niemand wird sie aufhalten können.
David ahnte nicht, wie empfindlich und hellhörig sie geworden war: keine neue Regelung und Verordnung entging ihr. Von jedem, der aus der Nachbarschaft verschwand, wußte sie Bescheid. Dennoch trübte die große Anspannung nicht ihre Freundlichkeit.
Sie war wie sonst, sagten die Kinder.
Mir ist an ihr nichts aufgefallen, sagte Josef.
Soll ich sie beunruhigen, ehe es geschieht? sagte sich Ottla.
Sie studierte die Taten der Verfolger und bereitete sich mit Akribie vor.
Mit den Juden im Protektorat werden sie nicht umgehen wie mit denen im Reich, sagte Josef.
Irgendeiner der rar gewordenen Gäste beurteilte Theresienstadt als eine rein jüdische Siedlung, aber nicht als ein Konzentrationslager.

Ach geh.
Gesetze muß man lesen können, um ihnen zu entsprechen. Die einen werden von ihnen getroffen, die andern entgehen ihnen. Nun erinnert sie sich an die Erzählung des Bruders. Er hat zuviel gewußt.
Ottla überrumpelt Josef nicht. Ihre List stottert, ist aber unnachsichtig. Sie hat die Kinder zu Bett gebracht, mit einer kleinen Schaufel die Asche aus dem Herd geholt, die Kasserollen, der Größe nach, nebeneinandergestellt, sich die Hände an der Schürze abgewischt und sich Josef gegenübergesetzt:
Es wäre besser, wir lassen uns scheiden. In Anbetracht der Lage. Und sie fügt, wie oft, vorsorglich hinzu: Reg dich nicht auf, Josef, ich bitte dich.
Wie kommst du darauf. Was hab ich dir angetan? Er treibt sie mit seinen betroffenen Fragen in die Enge.
Du willst mich nicht verstehn, Josef.
Ich kann dich nicht verstehn.
Für dieses Mal gibt sie auf. Sie muß es anders anfangen, muß seiner Angst einen Grund geben und es ihm erlauben, Anstand zu wahren. Denn auf Anstand legt er Wert, weniger schon auf Liebe.
Was soll ich mit den Kindern ohne dich?

Um Vera und Helenka geht es doch.
Dann erschreck uns nicht mit deinen verrückten Ideen.
Da er nicht auf sie hören will, hört sie jetzt wortlos auf ihn. Er beklagt sich oft, ohne ihr die Schuld zu geben. Die Deutschen sind es auch nicht. Eine unheimliche, anonyme Macht schränkt ihn ein, raubt ihm Rechte. Immer sind es „die“. Daß „die“ unsereinem nicht die normalen Lebensmittelkarten zugestehn. Daß „die“ ihm im Büro Schwierigkeiten bereiten. Daß „die“ selbst die Kinder nicht verschonen. Daß „die“ nun auch Elli und ihre Familie nach Theresienstadt verschickt haben. Er sagt „verschickt“.
Ottla war, als die Schwester sich von ihr verabschiedet hatte, nahe daran gewesen, aufzugeben, aus dem Haus zu rennen, schreiend, sich endlich den Judenstern an den Mantel, ans Kleid zu nähen, nichts mehr verschweigen zu müssen.
Nütze deine Situation aus, hatte Elli sie angefleht, laß dich auf nichts ein; du hast das Glück, mit einem Arier verheiratet zu sein, dir und den Kindern kann nichts zustoßen. Ich bitt dich, verlier nicht den Kopf.
Welchen bösen Sinn solche Redensarten auf einmal bekommen. Dabei hat sie sich längst ent-

schlossen, ist sich ihrer sicher, hat sich von dem, aus dem sie lebte, entfernt.
Manchmal frag ich mich, wo du mit deinen Gedanken bist, Ottla?
Ich bin ein bissel zerstreut, das ist alles.
Doch noch nie konnte sie sich so konzentrieren, sah Josef, Helenka und Vera wie auf einer Bühne, die sie selbst eingerichtet hatte. Sie sprachen auch ihren Text, der sich nach ihrem Fortgang ändern würde. Das wußte sie. Eine Zeitlang würde Josef sie in den Unterhaltungen aussparen, doch später würde wieder viel von ihr geredet werden, jedoch nicht mehr von ihr, von Ottla, sondern von einer makellosen, geliebten Erscheinung. Diese Vorstellung belustigte und tröstete sie.
Es gelang ihr dann, Josef, ohne daß er widersprach, zu überreden. Es ging ganz rasch. Ihre Atemlosigkeit wäre gar nicht nötig gewesen.
Er solle bedenken, um wie vieles leichter er es mit den Kindern nach der Scheidung hätte. Sie wären nicht mehr gefährdet. Er als Jurist wisse genau, welche Rechte ihnen dann zustünden. Außerdem könnte ihnen das Erbe nicht abgesprochen werden. Mutters Häuser blieben den Kindern erhalten, sie könnten nicht als jüdisches Eigentum konfisziert werden.
Das sei nicht abzustreiten.

Ottla sieht ihm an, daß er nicht mehr nachzudenken braucht, daß für ihn, wie für sie, alles beschlossen ist, abgeschlossen.
Die nächsten Tage wird er ab und zu klagen; aber in ihrem Kopf haben die Stimmen aufgehört, durcheinanderzureden. Die Kinder sollen es erst am Ende wissen, beschließt sie.
Zielstrebig verfolgt Ottla ihren Plan. Die Scheidung wird zur Formalität, die Josef klaglos hinnimmt. Ohne ihn zu unterrichten, meldet sie sich als Jüdin an und näht am Abend, sehr sorgfältig, den Stern auf die Kleider. Die Kinder schauen ihr dabei zu, ohne eine Frage zu stellen. Sie sagt: Es muß so sein. Josef erklärt sie, sie könne nur noch kurze Zeit als Jüdin in dem gemeinsamen Haushalt leben, sie werde zu einer Belastung, die sie ihm und den Kindern nicht zumuten wolle.
Sie führen geisterhafte Gespräche:
Was soll aus uns werden?
Die Zeit wird es zeigen.
Wie kannst du nur so gleichgültig sein?
Gleichgültig bin ich nicht.
Deine Ruhe regt mich auf.
Hat es einen Sinn zu jammern, Josef?
Ich könnte auf die Welt einschlagen.
Was kann die Welt dafür?
Er sagt nicht: Auf die Deutschen.

Sie trauen sich und den Wänden nicht mehr und halten sich selber eingesperrt.
Nach einigen Tagen bekommt Ottla den Bescheid, daß sie sich zum Transport nach Theresienstadt zu melden habe. Es ist penibel vorgeschrieben, wieviel Gepäck sie mitnehmen darf und was einzupacken nicht erlaubt ist. Ottla liest die Anweisung wie Gesetze, mit kindlichem Ernst. In einer Ecke der Stube stapelt sie, was sie braucht. Wieder sehen Helenka und Vera stumm zu. Sie fürchten sich vor dem Unerklärten.
Josef nimmt erst wieder teil, als Ottla Abschied nimmt, mit einem die Wahrheit ausspeienden Wortschwall die Kinder verstört, sie an sich reißt, noch einmal in die Töpfe schaut, Josef ermahnt, keine Rücksicht zu nehmen, wobei nicht klar wird, wer gemeint ist, und von neuem die Kinder umarmt, nachdem der Mann, wie Anna Maria Jokl erzählte, ihr die Schuhe eingefettet hat, wie er es beim Militär lernte, „er tat es gründlich und eifrig und sagte befriedigt: Da wird dir kein Wasser durchkommen. Das sahen und hörten die schreckensstarren Mädchen. Erst als die Mutter gegangen war, löste sich die Starre. Nun bestürmten sie die Behörden, standen am Tor von Theresienstadt, bettelten um Einlaß, um Internierung. Dies

wurde abgelehnt: Das Gesetz traf nicht auf sie zu.“

Ottla lebte eine Zeitlang im Ghetto von Theresienstadt, vermutlich in der angespannten Aufmerksamkeit, mit der sie ihre Familie verlassen hatte, und darin sicher, daß dieses Lager nur eine Durchgangsstation sei. Sie arbeitete im Kindergarten, und als Begleiter für einen Kindertransport nach Auschwitz gesucht wurden, meldete sie sich freiwillig. Mit den Kindern ging sie ins Gas.

Ich könnte, Herr Gerichtspräsident, meinen Bericht hier beenden, könnte, um Sie zu belehren, darauf hinweisen, daß auch der Warschauer Arzt Janusz Korczak, ein berühmter Gelehrter, mit seinen Waisenkindern umgebracht wurde wie die unbekannte Schwester Franz Kafkas, ich könnte wehklagen, die Namen von Schlächtern und Schergen aufzählen, doch ich möchte Sie treffen, darum erfinde ich Stefan Woyta, mit dem ich die Erzählung, um Ottlas willen, fortführe.

Als Ottla 1942 in Auschwitz ermordet wurde, war sie einundfünfzig Jahre alt, Vera dreizehn und Helenka zwanzig. Woyta lernte ich 1972 als Sechzigjährigen kennen, einen Mann auf der Höhe des Erfolgs, in seiner Stadt als Gemeinderat respektiert, einflußreich, wenn nicht mächtig, ein Bauunternehmer, dessen Aufstieg nach dem Krieg den Bürgern geläufig war, gleichsam ein Beispiel für Phantasie und Durchsetzungskraft: einer, der ohne alles kam und alles erreichte.

Woyta zählte zu einer Stammtischrunde, die ich als gelegentlicher Gast aus der Distanz beobachtete. Er fiel mir gleich auf. Ein kräftiger, untersetzter Mann, in dessen fleischigem Gesicht sich eindrucksvoll Schläue und Freundlichkeit verquickten. Manchmal erschien er in einem abgetragenen Arbeitsanzug; manchmal war er sorgfältig gekleidet. Tauchte er auf, dominierte er. Er drängte sich jedoch nicht vor. Seine Autorität wurde von den andern angenommen.

Sie werden, Herr Gerichtspräsident, solche Männer schätzen, ihre Festigkeit und Ausgeglichenheit, ihren von Erfahrungen gesättigten Konservatismus, der sich ans Gegebene hält, dem Neuen mißtraut und sich von der Macht angezogen fühlt. Unter solchen Blicken ordnet sich die Welt.

Einen seiner Stammtischfreunde pflegte Woyta grundsätzlich zu brüskieren: den Leiter der Sonderschule, Schirmer, einen jugendbewegten Fünfzigjährigen, der sich mit nie nachlassender Energie für „seine Kinder" ereiferte, anschau-

lich und wütend elende Lebensläufe vorauszeichnete und jedesmal sich selbst und die andern am Tisch zu Mitschuldigen erklärte.
Bei einer dieser Auseinandersetzungen, die ungewöhnlich heftig verlief, hielt sich Schirmer nicht an die Absprachen und riß Woyta aus seiner Rolle.
Woyta hatte, wie so oft, Schirmer unterbrochen und abgekanzelt: Jetzt komm mal zu dir. Es wäre gescheiter, du ließest die Kinder so blöd sein, wie sie sind, dann kämen sie nicht auf falsche Gedanken.
Und du hättest ein paar Kulis mehr.
Du sagst es, hart und treffend. Mit deiner Menschlichkeit bescheißt du die ja bloß.
Und deine Unmenschlichkeit bringt ihnen wenigstens Arbeit.
Ganz richtig, Schirmer, was kann ich dir noch beibringen?
Nichts. Du hast seit Auschwitz nichts dazugelernt, Woyta.
Der Zorn hatte Schirmer unbedacht werden lassen. Er verstieß gegen die Regeln. Die Runde erstarrte, auch Schirmer, und das Schweigen, in das sie versanken, war ein Schweigen von mehr als zwei Jahrzehnten.
Ich hatte mein Stichwort, und von nun an verfolgte mich der „andere“ Woyta.

Vorsichtig erkundigte ich mich nach ihm. Wann man ihn zum ersten Mal in der Stadt gesehen habe. Ob er sich anders genannt habe. Die meisten wußten nur, daß er, ohne Familie, mit einem Flüchtlingstransport gekommen und einige Zeit als Bauarbeiter in dem Betrieb beschäftigt gewesen sei, den er später gekauft und um das Vielfache vergrößert habe. Er habe in eine alte, ortsansässige Familie eingeheiratet und noch an Einfluß gewonnen. Ein ehrenwerter Mann. Ein angesehener Bürger. Einer von den wichtigen Gemeinderäten. Ohne ihn sei das öffentliche Leben in dieser Stadt kaum denkbar.

Und vorher? Ehe der Aufstieg begann?

Darum habe man sich nicht gekümmert. Ein Flüchtling, wie viele, wahrscheinlich aus dem Sudetenland. Er sei ja auch nicht mit einem Schlag so bekannt gewesen wie heute.

Ich entschloß mich, Schirmer zu besuchen, obwohl ich wenig Hoffnung hatte, von ihm, nach dem Eklat, viel zu erfahren. Er hatte sich die Zunge verbrannt und mußte mit Woytas Rache rechnen.

Schirmers kleine Junggesellenwohnung verdutzte mich: Es gab nicht die Andeutung von Unordnung, alles war nach einer peniblen Geometrie geschichtet, gestapelt, gestellt, die Fen-

sterscheiben blitzten wie in Werbefilmen, und als ich mich setzte, die Hände auf die blanken hölzernen Lehnen legte, hatte ich das Gefühl, schwitzend und schmutzig diese akkurate Welt zu lädieren.
Schirmer hatte mich nur zögernd eingelassen.
Befangen saßen wir einander gegenüber.
Er sprang wieder auf, fragte, ob er mir ein Glas Wein anbieten dürfe, brachte zuerst Untersetzer, stellte die Gläser darauf und schenkte den Wein aus einer Flasche, deren Hals mit einem Tropfenfänger, einem gräßlichen Kragen aus Schaumgummi, versehen war.
Ich versuchte, seine leidenschaftlichen Plädoyers für die Freiheit der Kinder und das heilsame Chaos mit dem sich in dieser Enge austobenden Ordnungswahn zusammenzubringen. Schirmers Schizophrenie teilte offenbar seine Umgebung: Was er in der Schule förderte, trieb er sich daheim wieder aus.
Ich bekomme selten Besuch, entschuldigte er sich.
Auch von Schülern nicht?
Um Himmels willen!
Wir stotterten halbe Sätze, nippten an dem Wein.
Dann kam er, mich überraschend, zur Sache: Sie kommen wegen Woyta, nicht wahr?

Ich nickte.
Als ich das ungehörige Wort aussprach, saßen Sie nämlich am Nebentisch und hörten aufmerksam zu.
Ja.
Auschwitz. Er sprach den Namen leise, mit scharf zischenden Konsonanten aus, ließ mich aber nicht zu Wort kommen, sondern fuhr, an mir vorbeiblickend, fort: Woyta gehörte drei Jahre lang zur Wachmannschaft, eine kleine Charge, verstehen Sie, einer von denen, die nicht hinterm Schreibtisch saßen, sondern Tag für Tag –
Er sah mir zum ersten Mal in die Augen.
Woyta wurde gesucht. Ich weiß es. Doch unter einem anderen Namen. Als man in Frankfurt gegen einige prozessierte, verschwand er für ein halbes Jahr, um, wie er behauptete, auf einer Großbaustelle im Iran nach dem Rechten zu sehn.
Kamen Sie darauf, daß er –?
Nein. Sie werden staunen. Er hat es uns, stockbesoffen, selbst erzählt.
Dem Stammtisch? Und keiner hat –?
Hören Sie, ich habe Ihnen nichts mehr zu sagen, und es ist besser, Sie gehen jetzt. Sie haben erfahren, was Sie wissen wollten. Was Sie damit anfangen, ist mir egal. Woyta ist einer von uns.

Wir kennen ihn, schätzen ihn. Vielleicht hat er auf seine Weise gebüßt. Vielleicht hat er alles vergessen. Es sind dreißig Jahre her.
Er erhob sich und forderte mich noch einmal auf, seine Wohnung zu verlassen.
Sie sagten, Herr Schirmer, Woyta sei einer von Ihnen?
Ja, das sagte ich.
Und wenn einer der wenigen Überlebenden ihn entdeckte, wäre er es dann auch noch?
Er ging zur Tür, öffnete sie und wischte mit dem Jackenärmel über die Klinke, eine Geste, der er sich nicht mehr bewußt war.
Warum fragen Sie das gerade mich? sagte er.
Den Fortgang der Geschichte werden Sie, Herr Gerichtspräsident, ahnen. Ich versuchte, mit Woyta bekannt zu werden. Das war nicht schwierig. Freilich mußte ich mich mehr, als mir lieb war, am gesellschaftlichen Leben der Stadt beteiligen. Auf irgendeiner Party kamen wir ins Gespräch.
Vom Sehen kenne er mich ja, besitze auch einige meiner Bücher, und natürlich stellte er die Frage, ob ich mit meiner Familie davon leben könne. Sein Interesse war nicht geheuchelt. Er las, wußte über Neuerscheinungen Bescheid, was nicht ganz in das Bild paßte, das ich mir von ihm gemacht hatte, mir jedoch half, die

Verbindung mit ihm zu halten. Er lud uns zu sich ein, war ein generöser, unterhaltsamer Gastgeber. Seine anscheinend kränkelnde Frau und seine beiden erwachsenen Söhne kamen kaum zu Wort.
Nun konnte ich ihn einladen. Sorgsam bereitete ich mich vor, legte die Verabredung auf den Anfang der Schulferien. Meine Frau reiste mit den Kindern voraus an die See.
Woyta war überrascht, mich allein anzutreffen, aber ich hatte ausdrücklich auch nur ihn eingeladen.
Er brachte, als Gastgeschenk, vier Flaschen Burgunder, gab sich aufgeschlossen und neugierig, nahm, noch im Entree, das Gespräch über Literatur wieder auf, sah sich in meinem Zimmer um, musterte die Bilder.
Von da an machte ich mich strafbar.
Das Bild der Geschwister hatte er nur flüchtig betrachtet.
Ich wies ihn noch einmal darauf hin.
Sind es Porträts? fragte er.
Ja, es ist Franz Kafka mit seiner Schwester Ottla.
Kafka! Natürlich! Ich hätte ihn erkennen müssen.
Ottla auch, sagte ich.
Wieso sie? Vielleicht habe ich irgendwo gelesen,

daß Kafka eine Schwester namens Ottla hatte, vielleicht, aber mehr weiß ich nicht.

Sie wurde in Auschwitz ermordet, Herr Woyta.

Manchmal, Herr Gerichtspräsident, verwenden Schriftsteller, nicht die besten, um übergroßen Schrecken zu verdeutlichen, das biblische Bild von Lots Weib, das zur Salzsäule erstarrte, als es auf das verheerte Sodom schaute. Woyta erstarrte zur Salzsäule. Er wurde gezwungen, auf den Leichenberg zurückzublicken, der sich unerwartet in seinem Gedächtnis wieder auftürmte.

Ich beobachtete seinen Schrecken ohne jede Erregung. Der Anfang, die Überrumpelung waren mir gelungen. Alles andere würde sich – vorausgesetzt, er wehrte sich nicht – von selbst ergeben. Während ich ihn im Blick behielt, diesen massigen Mann, der seiner Selbstsicherheit beraubt war, hilflos auf ein Bild stierte, dachte ich an die Todesangst seiner Opfer, die, zurückkehrend, ihn zu ersticken drohte. Ich dachte: Zum ersten Mal und zu spät teilt er ihre Furcht.

Er fuhr zusammen, als ich sagte: Setzen Sie sich doch, Herr Woyta.

Sie haben mit Schirmer gesprochen, sagte er.

Ja, erwiderte ich, und Sie werden nun kein

Wort mehr sagen, Sie werden nur noch zuhören und zusehen. Ich will keine Verteidigung von Ihnen hören, auch kein Geständnis.
Das ist verrückt! Sie können mich zu nichts zwingen!
So fatal es sich für Sie anhört, Herr Woyta, ich habe Sie in der Hand.
Er beugte sich nach vorn, senkte den Kopf.
Ich fing an, von Ottla zu erzählen, las einige ihrer Briefe vor und danach Anna Maria Jokls Bericht über ihre letzten Begegnungen.
Ottla kam mit einem Kindertransport in Auschwitz an, einem von vielen, und es ist denkbar, daß Sie diesen Zug nicht empfangen, nicht einmal auf der Rampe gestanden haben neben Höß und Mengele. Dennoch wünsche ich mir, daß Sie Ottla wiedererkennen, daß aus dem nach Asche riechenden Nebel allmählich eine Gestalt tritt, wie damals, älter als auf dem Bild, doch das Gesicht jung und so heiter und unanfechtbar, daß Sie in ohnmächtiger Wut die Fäuste ballen oder mit der Reitgerte gegen den Stiefel schlagen. Die Kinder drängen sich um die Frau. Sie sehen, daß sie mit ihnen spricht. Aber Sie können sie nicht hören. Es ist wie in einem Alptraum, der einen taub macht. Womöglich singt sie. Die ganze Gruppe wird für den Tod bestimmt, keiner wird ausgelassen. Sie

stemmen sich gegen die Herausforderung dieser Gestalt. Und Sie sind erleichtert, als einer aus der Begleitmannschaft Ottla voranstößt, ihre Wehrlosigkeit offenbar wird. Ottla und die Kinder haben nicht mehr lange gelebt. Für Sie, Herr Woyta, war Ottla nur einer von zahllosen Passanten zwischen Selektionsrampe und Todesbaracke. Für mich nicht, seitdem ich sie aus den Berichten näher kenne, die Briefe ihres Bruders an sie und Bruchstücke ihrer eigenen Briefe gelesen habe. Ich habe sie liebgewonnen. Sie gleicht einigen Frauen, die die immer nur flüchtig bewohnten Räume meiner Kindheit wärmten, der Babitschka und der Tante Manja in Brünn. Ich kann sie mir vorstellen, ich kann sie sehen, hören und, schließe ich die Augen, ihre Nähe spüren: eine Art leiblicher Güte.

Sie werden mich nicht begreifen, denn Sie waren imstande, drei oder vier Jahre ihres Lebens als Menschenschlächter zu verbringen. Ich weiß nicht, wie Sie Ihren Sadismus, Ihre Mordlust danach unterdrückt haben. Welches Wunder Sie zum Demokraten und zum Christen machte. Welchem Gott Sie Ihre Rettung verdanken, welchen Menschen Ihren Aufstieg. Haben Sie einen schlechten Schlaf? Sehnen Sie sich nicht wenigstens hin und wieder nach einem Richter, der Ihnen Schuld und Strafe zuspricht, oder ist

Ihre Selbstgefälligkeit so ungebrochen wie damals in Auschwitz, als Sie mit einer Handbewegung über Leben und Tod geboten?
Er hob den Kopf; seine Lippen bewegten sich.
Sie sollen nichts sagen. Kommen Sie, ich möchte Ihnen etwas zeigen.
Ich führte ihn die Treppe hinunter, in den Keller unseres Hauses, in einen behaglich eingerichteten Raum, in dem wir mitunter Gäste unterbringen. Vor eine aufgerollte Projektionswand hatte ich einen Sessel gerückt, in dem Platz zu nehmen ich Woyta bat. Links und rechts von der Leinwand hatte ich zwei starke Lautsprecher aufgestellt.
Ich mußte ihn täuschen, und es fiel mir nicht leicht. Es bedürfe noch einiger Vorbereitungen, log ich, stellte ihm ein Glas und eine Sprudelflasche neben den Stuhl, verließ das Zimmer und schloß es ab. Ich tat es so behutsam, daß er den Schlüssel wahrscheinlich nicht hörte.
In einem kleinen Nebenraum befand sich alles, was ich brauchte. Ein Tonbandgerät, das mit den Lautsprechern verbunden war, und außerdem, auf einem Sockel, ein Projektionsgerät, mit dem ich durch ein kleines Loch, das ich in den letzten Tagen mit Mühe durch die Wand geschlagen und wieder verfugt hatte, die Bilder auf die Leinwand werfen konnte.

Ich will die Tortur, der ich Woyta aussetzte, nicht im einzelnen ausführen, sondern nur die Mittel erklären: Über Jahre habe ich dokumentierende Fotografien aus den Konzentrationslagern gesammelt, dazu Bücher und Protokolle, das Tagebuch des Auschwitz-Kommandanten Höß, die Zeugenaussagen des Prozesses in Frankfurt, Berichte von Überlebenden. Die schrecklichsten Ausschnitte habe ich auf Band sprechen lassen, dazu Statistiken, soweit sie von der mörderischen Bürokratie nicht vor der Niederlage vernichtet worden sind.
Ich schaltete den automatischen Projektor ein, und auf der Leinwand war das erste Bild zu sehen: die nackten, ausgemergelten Leichen zweier Halbwüchsiger. Unzählige Bilder würden dem folgen: von Hungernden, Gefolterten, Ermordeten, von Erschießungen, von Leichenstapeln.
Durch die Wand drang ein kurzer Aufschrei, als hätte sich jemand verbrannt oder an einem Nagel gerissen. Ich wollte ihn nicht hören, also stellte ich das Tonband ein und ließ die Ungeheuerlichkeiten laut werden, immer lauter.
Dann ging ich hinauf, versuchte zu lesen.
Jede Stunde stellte ich die Geräte auf ihren Anfang. Dies tat ich, Herr Gerichtspräsident, zwei Nächte und einen Tag, achtete nicht auf

sein Klopfen, seine Rufe, sondern dachte nur an Ottla und an die Kinder, dachte an Sie, Herr Gerichtspräsident: der Sie so häufig der Vergeßlichkeit die Legitimation ausgesprochen haben.

Mit Skrupeln öffnete ich die Tür. Woyta taumelte mir entgegen. Er besaß keine Kraft mehr, auf mich einzudringen, mich zu schlagen. Ich führte ihn die Treppe hoch und blickte in ein Gesicht, das dem des Erfolgreichen nicht mehr ähnelte: aufgerissen und eingefallen, vom Schrecken verwüstet, die Augen blind von Vergangenheit.

Ich fragte Woyta, ob ich ihn nach Hause fahren solle. Doch er lehnte ab, stolperte durch den Garten und verschwand hinter der Hecke.

Sie werden mir, Herr Gerichtspräsident, nach dieser Schilderung Nötigung und Freiheitsberaubung vorwerfen können, und Sie werden wissen wollen, was aus Woyta geworden ist. Er ist spurlos verschwunden. Ich habe ihn aus meiner Phantasie entlassen, in der wohl vergeblichen Hoffnung, daß Ihre Phantasie ihn aufnehme und endlich das Urteil spreche.

ADOLF MUSCHG

Der Zweitsitz
oder:
Unterlassene Anwesenheit

Als ich mich zum erstenmal hier blicken ließ, hat sie mich entsetzlich ausgeschimpft. Jedenfalls verstand ich es so. Wenn ich mich dem Haus näherte – von welcher Seite immer – stand sie da, vor ihrer abgeblätterten Tür, oder im gedeckten Zugang dort, und begann drohend zu reden. Es war unheimlich: immer stand sie richtig, als hätte sie nichts zu tun, als auf mich zu warten. Der Gedanke verfolgte mich, daß ich auch um drei Uhr morgens nicht auf dieses Haus, diese alte Häusergruppe hätte zugehen können, ohne daß es im Dunkeln zu reden begonnen hätte. Überschritt ich die unsichtbare Schwelle zu einem Bezirk, der vielleicht zusammenfiel mit einem noch älteren Eigentum, oder dem Spielgebiet eines nun erwachsenen Großneffen, so löste ich diese Stimme aus, machte in dieser faltigen Kehle, die ich beim Vorbeigehen nur kurz und ungern ansah, Töne locker, einen heftigen, aber nicht lauten Protest, oder was ich dafür hielt. Denn zu verstehen war die alte Frau nicht. Sie ließ einen langen, von der Zunge unsicher zerarbeiteten Lautstrom aus ihrem Mund, der keineswegs alt wirkte, ja ins Neckische zu spielen schien, wenn man sich überwand, genau zuzusehen. Ich hatte mir sagen lassen, daß sie taubstumm sei, und in der Tat, Grußworte, Zurufe von weitem bewirkten bei ihr nichts, sie musterte einen nur mit ihren merkwürdigen hellen, beweglichen Augen, die ihrem Gesicht den Ausdruck unbehaglicher, beinahe boshafter Intelligenz gaben. Erst wenn eine bestimmte Nähe zum Haus überschritten war, begann es aus ihr zu reden, halb zu singen; ich hörte ihren Singsang als Drohung, fühlte mich verraten, als hätte ich tatsächlich etwas Frevelhaftes im Sinn gehabt. Wenn ich mit starrem Lächeln an ihr vorbei und auf das Haus, das ich ja immer noch haben wollte, zuging, kam ich mir plötzlich vor wie einer, der hier verbotenerweise herumschleicht, und wenn ich mir die obere Tür öffnen ließ, die zu dem verkäuflichen Hausteil führte, hörte ich die alte Frau, ohne daß sie sich von der Stelle gerührt hätte, die Stimme heben; es war, als hätte ich sie mit dem Niederdrücken der Klinke verletzt.

Der Eigentümer, der mich führte, mit dem ich verhandelte, ein noch junger Arbeiter, der durch einen Unfall am Schmelzofen nahezu blind geworden und darum von seiner Absicht, den geerbten Hausteil instand zu stellen und zu bewohnen, abgekommen war, kümmerte sich so wenig um die alte Frau, als wäre sie selbst ein Stück Einrichtung, Holz oder Mauer. Es war damals noch keine Rede davon, daß ihr einzelnes Zimmer mit dem separaten Eingang ebenfalls verkäuflich würde, sie kam nur nebenbei in unseren, bei dem örtlichen Dialekt ebenfalls nicht leichten, Gesprächen vor. Harmlos sei sie, ließ er fallen, lebe ganz für sich und tue keinem Menschen etwas; er hatte das Unbehagen bemerkt, das sie mir einflößte, und sorgte sich um meine Kaufwilligkeit. Tatsächlich verstimmte mich die Vorstellung, mit einer Greisin, die ihrer Sinne nicht mächtig war, unter einem Dach zu wohnen, und wäre es nur für die wenigen Wochen im Jahr, die ich in meinem Büro abkommen konnte; hier zu leben ohne menschliche Berührung, ja ohne die Möglichkeit dazu, und doch in hörbarster Nähe, auf die die Alte, taubstumm oder nicht, so empfindlich reagierte. Ich wünschte mir eine unbefangene Umgebung, in der ich fremd bleiben durfte, ohne zu verletzen, und dieser Frau, die schon siebzig, vielleicht achtzig Jahre an dieser Stelle gehaust hatte, tat ich schon durch meine Erscheinung weh. Diese Sorge begann mir die erste Liebe zu dem Haus, dessen Alter bereits historisch, aber unauffällig war, zu verderben; es war, bis auf den kleinen Teil, der sich in anderem Eigentum befand, viele Jahre unbewohnt gewesen, und aus der leeren, weitläufigen Stube im Obergeschoß, in der nichts mehr stand als ein runder Specksteinofen mit der Jahrzahl 1637, hatte mich eine Ruhe angeblickt, die ich Heimweh nannte. Nun stieß die anschließende Kammer, wohin ich mir, fünf Schritte von Ofen und, später, Schreibtisch entfernt, mein Bett gedacht hatte, Wand an Wand gegen den unbekannten Bezirk der alten Frau. Und als ich mich einmal, hin und her gezogen zwischen dem Wunsch, hinter diesen ungeheuren Lärchenbalken und in den klaren Verhältnissen, die sie herstellten, selbst Ruhe zu finden, und dem Unbehagen über die taubstumme Nachbarschaft, ein paar Minuten allein in dieser Kammer verweilte, um ihr Schweigen zu prüfen, hörte ich es in der Wand leben, ein Knistern und Knacken, das mich den Atem anhalten ließ. Wenn das keine Ratten waren, war es die alte Frau, und ich kämpfte umsonst mit dem Verdacht, daß sie, wenn nicht jetzt, so doch eines Nachts, nur eine Wand aus altem Holz von mir entfernt, Feuer lege.

Im Widerspruch zu meinen Ängsten tagsüber, wenn ich das Haus besichtigte, regten sich meine Träume. Nachts im nahen Motel, wo ich meinen Entschluß, das Haus, oder meinen Teil davon, zu kaufen, schon zum zweitenmal überschlief, erschien mir die alte Frau, oder Züge von ihr, im Schein alleswissender Freundlich-

keit, und ich glaube, meinen Kopf gegen das kleingeblümte Muster ihres dunklen Kleidrocks gedrückt, dahinter den Stallgeruch der Weihnachtskrippe gerochen und mein eigenes Herz, wie das eines Ungeborenen, schlagen gehört zu haben, fest wie eine Uhr. Da sich aber eine so versunkene Phantasie bei Tage ebensowenig festhalten ließ wie meine gewöhnlichen Ängste, bemühte ich mich bei der nächsten Hausbesichtigung, zu dem Wesen in einen genaueren Kontakt zu treten, ihm ins Gesicht zu sehen.
Ihr Großneffe, der sich, wie andere Dorfleute, bei meinen Erkundungen wie zufällig herbeigefunden hatte, auch er übrigens ein Fabrikgeschädigter, der dank seiner Beinverletzung wieder zu einem halb müßiggängerischen Kleinbauernwesen zurückgekehrt war, begleitete mich zum Haus und redete seine Großtante an, die unfehlbar aus dem Schatten des Durchgangs, wo sie sich vielleicht schon stundenlang aufgehalten hatte, und uns in den Weg getreten war. Er führte mir vor, daß man mit der Frau reden könne, gab auch an, sie zu verstehen. Obwohl die Stimmen, die mir halb zugängliche des nicht mehr jungen Großneffen und die gurgelnde oder leiernde der alten Frau, in scheinbar geregeltem Wechsel hin und her gingen, wobei freilich der Mann ihr oft ins Wort,

vielmehr: in die Melodie fiel, hatte ich doch nicht den Eindruck eines Austauschs. Sondern der Jüngere schien nur aufzunehmen und mir in einer Art Hochdeutsch zu rapportieren, was er hatte hören wollen: daß die Tante gesund sei, daß sie gerade geruht habe, daß sie sich freue, daß ich gekommen und da sei, daß es sie interessiere, was ich mache. Ich hielt jeden dieser Sätze für unwahr, nicht nur, weil sie offensichtlich bloß einer allgemeinen Höflichkeit, und im Grunde der Neugier des Neffen, entsprangen, sondern vor allem, weil es überhaupt Sätze waren. Wenn es Sprache war, was die Frau redete, so bestand sie nicht in Sätzen, sondern in Betonungen, in eigenen, gesungenen Lautgruppen, die sich noch nie jemand die Mühe genommen hatte zu entziffern, und offenbar rechnete sie auch seit Jahr und Tag nicht mehr mit solcher Mühe. Sie ließ sich nur unterbrechen, weil sie es, wenn man ihr die Gegenwart anderer Leute aufdrängte, gewohnt war, daß diese das letzte Wort behielten und die Tatsachen besorgten. Sie hörte denn auch nicht darauf, was der andere aus ihrer Mitteilung, oder was als ihre Mitteilung ausgegeben wurde, zu machen pflegte; sie beobachtete nur ihre Wirkung auf dem Gesicht des Unbekannten, der ich war, dies allerdings so eindringlich, mit

so viel Mitarbeit ihres Gesichts, daß ich Mühe hatte, an ihre Beschränktheit, ja auch nur an ihre Behinderung zu glauben. Daß sie taubstumm war, kam mir auf einmal nur noch wie eine bequeme Formel vor für eine unbekannte Art, sich menschlich zu verhalten, mit der diese Frau, ein Fräulein übrigens, viele Jahrzehnte lang allein geblieben war.
Ich gab meine Auskünfte dennoch der Ordnung nach, ich sei Advokat, in einem Basler Büro, auf der Suche nach einem zweiten Arbeitsort, der ruhig, aber nicht abgelegen sein müsse, Familie hätte ich keine, oder keine mehr, sei im Begriff, mir ein neues Leben aufzubauen usw. Das alles wurde ihr nicht übersetzt, der Neffe hörte es ja auch zum erstenmal, es war für ihn kaum weniger fremd. Wenn sie lallte, nickte ich ihr zu oder schüttelte den Kopf, wenn ich etwas Besorgtes in ihrem Gesicht wahrzunehmen glaubte. Ich hatte das Bedürfnis, meine Zeichen knapp und lesbar zu halten, kein Verständnis vorzutäuschen, ehe ich wirklich etwas zu verstehen begann. Freilich genierte mich auch schon das Anstrengende dieses Verkehrs, und ich war in diesem Augenblick wieder entschlossen, diese Nachbarschaft nicht anzutreten.
Inzwischen hatte sich auch der Eigentümer des

leeren, viel größeren Hausteils wieder eingefunden, trotz seiner Behinderung bewegte er sich rasch und dienstfertig, begrüßte den Neffen und begann nach einer Pause, in Gegenwart der alten Frau, über ihr beschwerliches Leben zu reden, das ihr, bei ihren Jahren, nicht mehr lange zuzumuten sei. Ich verstand, daß er den Neffen, offenbar nach einem vorausgegangenen Gespräch, daran erinnern wollte, daß ich natürlich am Kauf des gesamten Hauses interessiert wäre. Dieser nickte, scheinbar abwesend, nach einem kurzen prüfenden Blick auf mein Gesicht oder auf meinen Mund, die Leute hier schienen einander nie in die Augen, nur auf den Mund zu blicken. Ich hatte wohl ebenfalls genickt und erstarrte plötzlich im Gefühl der Scham, denn die Augen der alten Frau waren unverwandt, und ganz offensichtlich im vollen Bewußtsein der Situation, auf mich gerichtet. Ich wandte mich ab, um im Gefolge der beiden Invaliden, die einander beim Vorausgehen ablösten, den leeren Hausteil zum vierten- oder fünftenmal zu besichtigen. Die große Stube mit dem Ofen lag in ihrem eigenen Licht, das wärmer schien und heimlicher als das Sonnenlicht in der fein gegliederten Fensterreihe; die massiven, aber nicht erdrückenden Holzwände atmeten ein altes Wesen, das hier ungestört geblieben war. Die letzten Leute, die darin gewohnt hätten, die Familie eines entfernten Vetters, hätten nichts verändert, dazu habe auch das Geld gefehlt. Er wiederholte seinen Kaufpreis, er war erträglich, und da ich selbst erklärt hatte, im Fall des Erwerbs wenig ändern zu wollen, würden sich auch die Zusatzkosten in Grenzen halten; das Dach freilich bedürfe gründlicher Ausbesserung, die meisten Platten hätten nicht standgehalten, es sei eben nichts mehr gemacht worden.

Der Käufer profitierte von der unauffälligen, durch den Fremdenverkehr nicht berührten, freilich auch glanzlosen Lage des Hauses. Es stand am obern Rand eines Dorfs ohne Namen, das am Aufschwung des Tales, der nur größeren Orten, oder Kurorten in der Höhe, zugute gekommen war, wenig teilgenommen hatte; freilich genug, um, für das Auge des Fremden, seine Ursprünglichkeit zu verderben. Einige Bequemlichkeiten, da und dort ein Linoleumboden, eine Waschmaschine, bessere Fortbewegungsmittel in die nahe Fabrik, vor allem aber das Fernsehen hatten Einzug gehalten; die Wellblechdächer waren meist durch das dauerhaftere Eternit ersetzt, und alte Steindächer fanden sich nur noch auf verwahrlosten Gebäuden wie diesem. Immerhin, der Verkäufer wie der Neffe lobten den Zustand des Holzes, stellten keinerlei Wurmfraß fest, sie zeigten, mit welchen Mitteln und einfachen Maßnahmen dieses Haus so wohnlich zu machen wäre wie ihre eigenen, ja sie erboten sich bereits, in ihrer Freizeit das Nötige selbst vorzukehren, zu günstigen Preisen, die Fassade, wenn sie dem Herrn gefalle, zu streichen oder wenigstens zu imprägnieren, um das Wasser, das hie und da merkwürdige Schlieren oder Männchen ins Holz gezeichnet hatte, am künftigen Eindringen zu hindern, auch für das Dach empfahlen sie einen sauberen Eternitbelag. Als ich hier abwinkte, die Steine lobte, fanden sie, zuerst etwas ratlos über meinen Ernst, auch diese Vorliebe vertretbar. Ich sah mit Betroffenheit, daß diese Männer mit der Lebensart ihrer Vorfahren keinerlei Vernunft mehr verbanden, daß sie ein Steindach als Laune eines Fremden behandelten, die man hinnahm, wenn sie Verdienst abzuwerfen versprach.

Zwischendurch wiederholte der Verkäufer, vielleicht um einem Eindruck von zu großer Tüchtigkeit oder Gefühllosigkeit vorzubeugen, daß die alte Frau, solange sie da sei, kaum störe, sich über ein gebessertes Dach auch nur freuen könne. Man hörte und sah jetzt nichts mehr von ihr, als wir das Haus umschritten, weitere dazugehörende Gebäulichkeiten betrachteten, einen Schuppen, einen leeren Stall, die Scheune darüber, es war eine flüchtige Begutachtung, aus der Geringschätzung sprach, meinte ich, der eigenen Lebensart. Wir begingen einen ganzen Komplex von Gebäuden, alle voll verstaubter und halbzerbrochener Geräte aus Weinbau und Schafhaltung, die im Kaufpreis eingeschlossen sein sollten. Auch die eine oder andere Antiquität, Truhen, handgeschmiedetes Werkzeug, Weinfässer, erklärten die Männer nicht zu beanspruchen, wenn ich dafür Verwendung habe. Sie hatten für nichts Verwendung, schien es, was alt war, und doch beobachtete ich voller Scham, wie der Halbblinde, nachdem er seinen Verzicht bereits ausgesprochen hatte, sein Gesicht nahe vor eine solche Truhe brachte, als wäre es ein dunkler Spiegel, die Jahreszahl zu entziffern suchte und das Holz mit den Fingern befühlte, als habe er ohnehin keinen rechten Anspruch auf Dinge, die ihm gehörten, oder als begriffe er sich selbst, wenn auch mutlos, in den preisgegebenen Gegenständen zum erstenmal. Erst als wir uns einem Stallteil näherten, der durch ein kleines grünes Vorhängeschloß versiegelt war, trat uns die alte Frau wieder in den Weg – aber diese Wendung, so leicht sie mir auf die Zunge kommt, zeugt von meinem immer wiederholten Erschrecken, sie trifft die Tatsachen nicht. Sie trat nur eben einen Schritt aus dem jeweiligen Halbdunkel vor, ohne uns aufzuhalten, eher wie jemand, dessen Stichwort gefallen ist, noch schwächer: der seine Gegenwart bekannt gibt, in Erinnerung ruft, ohne zu erwarten, daß damit etwas zu ändern sei. Wir, die beschäftigten Männer, gingen ja an ihr vorbei unsern Weg.

Bei dieser Gelegenheit gelang es mir, durch die offene Tür einen Blick in ihre Wohnung, oder den Vorraum derselben, zu werfen. Hier drängten sich die verbrauchten Dinge noch einmal, Kisten mit bunten Aufklebern, Blechkrüge, ein Stoß Briketts, nur wirkten sie hier zwar nicht ordentlich, doch ohne Staub; mit diesem Gerümpel wurde, wenn auch mühselig, gewirtschaftet und gelebt. Als wir auf engem Durchschlupf an ihr vorbeigingen, hob sie mit angedrückten Ellbogen ihre Röcke zurecht. Ihrem Eingang gegenüber, an den Stall angebaut, war der Verschlag für den Abtritt, vom Neffen grinsend Gabiné genannt, so hieß das hier, und man roch es auch, den mürben, nicht mehr ganz rohen Gestank eines alten Menschen.

Am nächsten Tag näherte ich mich dem Haus

eigentlich nur noch, um von ihm Abschied zu nehmen. Ich stellte den Wagen beim Wasserfall ab, dessen stilles Geräusch mich einmal gelockt hatte, und ging durch nässendes Kraut, fast mannshohen Wermut, auf das Anwesen zu. Das Wetter hatte in der Nacht umgeschlagen, es regnete zwar nicht mehr, aber der Himmel hing unsommerlich tief. Nichts regte sich um die zerrütteten Steindächer, die ich nun also nicht neu zu decken brauchte. Ich betrat den Erdboden dennoch wie ein Dieb, immer gewärtig, die Gestalt der Frau sich beim nächsten Schritt aufrichten zu sehen. Der kalte Dunst ließ auch das Dorf wie unbewohnt scheinen, und meine Finger klammerten sich um den Schlüssel in der Tasche, als wäre er eine Waffe. Aber diesmal war auch von der Frau keine Spur zu sehen.

Mitten unter dem Durchgang hielt ich inne, um, im Ausschnitt des Vordaches über mir, die schönen Abmessungen der übrigen Dächergruppe mit ihrem verschieden grauen, lebendigen Belag nochmals in Ruhe zu betrachten; hier also würde ich nun nicht wohnen. Ich dachte mir eigenen Rauch aus dem Kamintürmchen steigen, dessen südliche, verkleinerte Architektur mich berührte. Im nächsten Augenblick erstarrte ich, die rechte Seite meines Gesichts gefror vor Schreck: dicht bei mir, ich wagte nicht hinzusehen, hatte sich etwas Mächtiges bewegt. Es war die Taubstumme; sie saß auf einem alten Autosessel inmitten des Brennholzes, das einmal zur Beige aufgeschichtet gewesen, jetzt aber durch ungeschickte Abtragung zu einem Haufen verkommen war. Sie saß in ihren immer gleichen dunklen Röcken mit der grauvioletten Schürze, das Gesicht von einem Kopftuch aus dem gleichen Stoff eingefaßt, beinahe behaglich zurückgelehnt, nur ihr Oberkörper war etwas aufgerichtet. Dazu hatte sie, leicht und ohne Nachdruck, die Finger einer Hand gehoben, als hätte sie etwas anzuzeigen. Als ich sie anstarrte, mein Grauen zu beherrschen suchte, verfolgte sie den Ausdruck meines Gesichts mit Ängstlichkeit; erst als ich selbst spürte, daß meine Haut wieder Farbe annahm, begann sie ihren Mund breit zu ziehen. Ich sah ihre Zahnleisten oben und unten, nein, sie greinte nicht, ihre Augen funkelten dazu; sie lächelte, das mußte ein Lächeln sein. Und dann begann sie zu reden, Gurrlaute, die sich hoben und senkten, dazu versuchten ihre Lippen das Lächeln festzuhalten, es wurde breiter, brachte, während sie fortschwätzte, ihr ganzes Gesicht in Bewegung, zog nicht nur die eingesunkenen Wangen, sondern auch die Stirn, die ziemlich glatt war, in Mitleidenschaft. Sie nickte mir zu, nicht nur mit dem Kopf, sie verwandelte ihren schweren Körper in eine einzige Geste der Einladung, auch der immer noch erhobene Finger nickte mit, begann zu deuten, gegen das Haus, ihr Haus zu deuten, nur ihre Augen blieben glänzend ruhig, forschten mein Gesicht aus. Und ich weiß nicht, wie es geschah: meine Spannung bewirkte, daß ich jetzt ebenfalls Laute zu bilden begann, Laute in einer Sprache, die mir selbst neu war. Einen Augenblick lang hemmte mich noch die Scham. Es konnte ja so aussehen, als ahmte ich diese Behinderte nach, verspotte sie. Aber es war kein Dritter gegenwärtig, der es hätte bemerken und beanstanden können, und sie selbst empfand es nicht so. Ihre Augen verkleinerten sich vor Freude, als ich ihr ins Wort fiel, das ganze Gesicht gab Zeichen der Wonne, verwandelte sich in einen Ausdruck von Ermutigung; endlich hatte ich das Richtige getroffen. Sie hörte mir nicht zu, jedenfalls zu Anfang nicht, sie brabbelte, schnurrte und schnalzte weiter, feuerte mich an, nicht nachzulassen mit meinem Gerede, wir quakten, schimpften, murrten und quietschten aufeinander ein, für Dritte hätte es sich wie ein verrücktes und kindisches Duett angehört, aber wir waren zu zweit, die alte

Frau und ich, und sangen uns zwischen Holzhaufen hinter aller Welt etwas vor.
Und so wenig ich Einzelheiten verstand, im ganzen war klar, was sie mir jetzt sagen konnte. Daß wir allein waren, ich und sie, sie und ich, daß wir gar nicht mehr allein waren, daß wir unter jenem Dach dort zusammen wohnen würden, daß wir einander dort nicht nur nicht stören, sondern es lustig haben würden, das war es, was sie mir ins Gesicht sang, aber nicht dies allein. Manchmal war die Arbeit ihres Gesichts stärker als ihr Lachen, schnitt es ab, die Augen gingen ihr wieder ganz auf, und es war Sorge in ihnen zu lesen, Kinderangst, ich, der Neue, würde dort nicht mit ihr wohnen wollen, sondern die Macht haben, sie zu vertreiben. Sie beschwor mich, das verstand ich sehr gut, es doch nicht zu tun, sondern einzusehen, wie vergnügt sie war, wie prächtig es sich in ihrer Nähe leben ließ, und daß sie dort in ihrem, in unserem Haus sterben möchte. Wie es geschah, wußte ich nicht, aber meine Stimme nahm von selbst einen Ton von Beschwichtigung an, wurde eine Art lockendes Krächzen, ein Wiegenlied will ich's nicht nennen. Aber sie begriff es, wollte es fassen, ließ ihre Stimme sinken dazu, aus der jetzt nur noch Wimmerlaute kamen, Schmerz, der sich endlich zeigen

durfte, Behagen, daß er nicht mehr nötig war. Sie wollte mir glauben, daß ich nicht aus der Ferne gekommen sei, um sie wegzujagen mit meiner Macht, und so schwieg sie ab und zu, um der Stimme nachzulauschen, die da weiter und weiter beruhigte und meine eigene war. Aber dann fiel sie wieder ein, um mich mit meinem Gesinge nicht allein zu lassen, mir zu zeigen, wie sie mithalten konnte, wenn's darauf ankam. Wir heulten einander wieder unsere Herzlichkeiten ins Gesicht, ich schwankte, die Hände in meinem Rücken gegen die Holzwand gedrückt, wie ein berauschter Hampelmann hin und her, während sie auf ihrem Hintern tanzte und dazu die Augen schloß, die vor Vergnügen zugedrückten Augen, die sich, vertrauend wie die einer Katze, in Abständen wieder öffneten, voll Wasser. Es war ganz unvermeidlich, jetzt mußte ich das Haus kaufen, jetzt kaufte ich es mit Freuden, und von nun an stand die alte Frau gegen jedermann unter meinem Schutz, wie ich, rätselhafter, unter dem ihren. Die alte Frau machte sich jetzt die Mühe nicht mehr, den Strom ihrer Erleichterung zu unterbrechen, Kehle und Lippen zu schließen, scheinbare Wörter und Sätze zu bilden. Sie leierte ungehemmt und wiegte sich dazu vorwärts und zurück, hin und her, auch

ich stimmte kräftig in das merkwürdige Gelöbnis ein. Wir hatten eine Sprache gewonnen, in der kein Wort mehr übrig war, das einer von uns hätte brechen können. Und als ich schließlich den Schlüssel aus der Tasche nahm, zum Haus hinüberdeutete, mich anschickte zu gehen, ja, ich verneigte mich dazu, sah ich sie nicken, nicken, das Wasser lief ihr aus den Augen, ohne daß sie die jetzt gefalteten Hände aus dem Schoß nahm, um es abzuwischen. Und ich ging zu ihr hin, bevor ich mich abwenden konnte, drückte ihr diese beiden Hände, ließ sie nochmals fassen, hielt fest, als der Rotz auf meinen Handrücken tropfte, drückte noch einmal nach, während sie mich, ganz still geworden, ansah, und ging weg, ging hinüber zu meiner Tür, die ich aufschloß, um verschwinden zu können, da, wo sie mich haben wollte. Umgedreht habe ich mich nicht mehr.
Am selben Nachmittag fuhr ich mit dem Halbblinden nach Brig, um den Handel abzumachen, die Papiere aufsetzen zu lassen, die man im Tal „den Akt" nennt. Als mir der Verkäufer in Aussicht stellte, daß wohl auch der Hausteil der alten Frau nächstens frei würde, sie sei ja bald achtzig und mache es nicht mehr lange, widersprach ich mit Schärfe. Darauf dränge ich nicht, im Gegenteil, mir liege an dieser

Nachbarschaft, ohne die alte Frau würde ich mich nicht zuhause fühlen. Er bestätigte, daß sie ungefährlich sei, auch wenn die Kinder Angst vor ihr hätten, ihr deswegen auch böse Streiche spielten. Sie sei die einzige ihrer Generation, die noch im Elternhaus geblieben sei, ihre Geschwister seien teils nach Übersee verschwunden, teils in die „Außerschweiz" verzogen, in der Mehrzahl aber gestorben, jung, wie die meisten Leute. Wie viele es denn gewesen seien? Zehn, glaube er, oder elf. Ja, die hätten alle in jenem Hausteil gewohnt, ja, dreizehn Leute in einem Zimmer, aber es habe natürlich noch die Küche gegeben, dort hätten die Kinder geschlafen, es sei auch wärmer gewesen. Jetzt sei die Alte allein, habe Platz genug, man habe sie wirtschaften lassen, so lang sie es könne, der Hausteil, die zwei Räume, gehörten ihr zwar nicht, oder nur zu einem Sechstel oder Siebentel, so seien die Besitzverhältnisse hier im Tal; soviel er wisse, seien sie immer so gewesen, daher die Auswanderung. Aber die übrige Familie erhebe vorläufig keinen Anspruch auf den Hausteil, die hätten sich selbst inzwischen verbessert, „sich gemacht", sagte der Mann. Sie sähen nicht nach der Tante, aber der Großneffe, den ich gesehen habe, und zwei verheiratete Nichten seien in

der Nähe geblieben. Das sei der Vorteil großer Familien, jemanden treffe es immer, für die Alten zu sorgen, damit sie nicht ganz verloren seien, das verbiete ja auch die Religion.
Es tat dem Invaliden leid zu hören, daß ich erst im Spätherbst wiederkommen könne, da ich bis dahin einige größere Prozesse habe; ja, daß ich Advokat sei, habe sich der Blinde schon gedacht, sagte er, als er mich mit dem Notar habe diskutieren hören. Daß ich vom Fach sei, Bücher lese, höre man gut. Es sei eine Ehre für das Dorf, daß ein Fremder wie ich dort Ferien machen, fast Wohnsitz nehmen wolle, man könne sich später gegenseitig sicher diesen und jenen Dienst leisten. Der Spätherbst sei gewöhnlich eine sehr trockene Zeit hier, und die Reparaturen könne man im Winter, wenn die Landwirtschaft ruhe, günstiger erledigen lassen, auch das Handwerk habe ja leider Flaute, und im Dorf sei kaum einer, der mir nach Feierabend nicht gern an die Hand ginge, um etwas dazuzuverdienen. Es müsse ein gutes Gefühl sein, das Haus inzwischen „auf der Seite zu haben", bequem sei es nicht gerade, aber für Liebhaber wie mich eben doch ein Objekt. Wenn es ihm nicht zu schwer geworden wäre, wegen der Augen, hätte er es auch behalten, und nun wünsche er mir Glück.

Als ich im späteren Oktober wiederkam, stellte ich erst den Wagen beim Wasserfall ab, der kräftiger stürzte als im Sommer, betrachtete mein Haus von weitem, genoß, langsam darauf zugehend, jeden Schritt durch den schütter gewordenen Wermut, sah das Dach grau und behaglich durch das verfärbte Gebüsch schimmern. Im Durchgang stand der Autosessel verstaubt zwischen den Holzstößen. Das Haus gab kein Lebenszeichen, sämtliche Läden, auch die hellgrünen der alten Frau, waren geschlossen. Etwas wie Vorsicht hinderte mich daran, das Haus zu betreten; ich ging prüfend darum herum, entschloß mich dann, zuerst seinen Verkäufer, den jungen Invaliden, aufzusuchen. Auf dem kurzen Weg gesellte sich der Neffe zu mir; er schien irgendwo auf mich gewartet zu haben. Ist sie gestorben? fragte ich ihn. – Nein, es geht ihr aber gut, sagte er. Wir haben sie ins Bürgerheim getan, es wurde plötzlich ein Platz frei. – Warum das? fragte ich und blieb stehen. – Es wäre doch nicht mehr lange gegangen, sagte er. Und als Sie das übrige Haus gekauft hatten, war doch kein Platz mehr für die Tante. – Wer hat das gesagt? fragte ich scharf. – Sie wollen das Haus doch ganz, sagte er, sonst können Sie nichts Rechtes damit anfangen. Jetzt bekommen Sie es zu einem anständigen Preis,

ich habe mich mit den Verwandten geeinigt, für sechstausend gehört es Ihnen, und der Keller dazu, dort können Sie jetzt Ihr Badezimmer einrichten. –
Tatsächlich, das hatte ich gesagt, am ersten Tag, als ich die Verhältnisse noch nicht überblickt, als ich der Alten noch nichts versprochen hatte. – Das war für später gedacht, sagte ich, Sie wissen, daß ich Ihre Tante um keinen Preis vertreiben will. – Es war aber ein Platz frei im Bürgerheim, sagte er, das kommt nicht alle Tage, es war eine Gelegenheit, und etwas Geld sieht sie auch noch. Wir haben ihre Wohnung schon ausgeräumt. – Ich sah ihn bestürzt an, er blieb ruhig, war ganz sicher, meine Bedürfnisse nach einem unbeschwerten Eigentum richtig eingeschätzt zu haben und betrachtete meinen Schrecken als Förmlichkeit. – Was sagte sie denn dazu? fragte ich leise. – Ihr Vormund war einverstanden, sagte er. Wir nahmen sie auf ein Fährtchen mit (ich erfuhr, daß er einen Wagen angeschafft hatte), tranken unterwegs noch einen Kaffee mit ihr, und dann ließen wir sie dort. Es geht ihr gut, sagte er, sie hat ein Viererzimmer, wo sie nicht mehr selber heizen muß und jeden Tag das Essen bekommt, und man muß jetzt nicht mehr fürchten, daß sie sich etwas tut oder etwas anderes anstellt. –

Das habe ich nicht gewollt, sagte ich und ging langsam weiter, aber er folgte mir.
Es ist ja auch nicht Ihre Sache, sagte er. Es waren Wir, die zu ihr schauen mußten, und meine Frau hat böse Beine, mit der Zeit wurde es zuviel. – Woher wissen Sie, daß sie gerne dort ist? fragte ich. – Wir haben mit ihr geredet, sagte er. Sie glaubt schon immer noch, sie könne noch einmal zurück, aber das soll nun nicht mehr sein.
Ja, er war ein ruhiger Mann, er blieb nicht stehen, als er redete, er sah mich nicht an wie ich ihn, er hatte kein schlechtes Gewissen; nur als er vom Glauben der Tante, noch einmal zurückzukommen, redete, warf er mir einen Blick zu, in dem etwas wie Nachdruck, oder Vorwurf, zu lesen war; aber kein Vorwurf an jemand Besonderen, vielleicht an den Lauf der Welt und ihren täglichen Untergang, für den niemand konnte, schon gar nicht jemand aus diesem Dorf. – Es hätte einmal etwas passieren können, sagte er, und Sie wären ja nicht immer da gewesen, und wir auch nicht. Gefährlich ist sie nicht, sagte er, aber sie weiß nicht mehr immer, was sie tut, und mit dem Heizen ist es so eine Sache geworden, die Frau hat es zwar in den letzten zwei Wintern gemacht, aber ihre Beine werden auch nicht besser. –

Er zog selbst ein Bein nach, während er dies sagte, das Gehen strengte ihn an, obwohl wir uns nicht beeilten; wozu hätten wir Eile haben sollen, und wohin ging ich überhaupt. Sicher war nur, einer, der nicht hierher gehörte, von auswärts kam, und ging, wenn es ihm paßte, hatte keine andere Menschlichkeit einzuführen. Er war ein Liebhaber alter Steindächer und Öfen mit Jahreszahl, und wenn er durchaus menschlich sein wollte, so richtete er sein finanzielles Angebot danach ein. – Es geht ihr gut, sagte der Neffe noch einmal.
Ich habe den Hausteil der alten Frau gekauft, zu einem Preis, der der zerstreuten Familie mehr als recht war. Der Umbau hat mich erheblich mehr gekostet als vorgesehen. Es bestand kein vernünftiger Grund mehr, wenigstens das Badezimmer im ehemaligen Keller der Alten nicht mit dem üblichen Komfort einzurichten. Das Dach war neu zu decken, mit grünlichen Platten, leider, da der graue Stein nicht mehr gebrochen wird und das Zusammentragen unversehrter Platten aus Abbruchsobjekten zu kostspielig geworden wäre. Im übrigen habe ich das Haus im alten Zustand gelassen, auch das Zimmer der alten Frau. Es ist der einzige nicht stilgerechte, wenn man will: häßliche Raum im Haus. Um ihn gegen

die gröbste Kälte zu schützen, hat jemand eine Täferung aus lackiertem Hartholz über die Lärchenbalken genagelt und einen kleinen Kanonenofen hineingestellt. Im Oktober war er bereits von Asche geräumt, und die paar alten Möbel der Frau hatte der Neffe teils übernommen, teils zu Brennholz zerkleinert und draußen auf die Holzbeige geworfen; eine Dienstleistung für mich, denn mein Ofen aus dem 17. Jahrhundert verträgt keine Kohlenhitze. Die Decke des Zimmers, in dem einmal eine zwölf- oder dreizehnköpfige Familie gelebt hat, ist, wie in andern ländlichen Gegenden, zinkgrün überstrichen. Ich habe ein Bett mit Stahlrohrumfassung hineingestellt und nenne es Gastzimmer; im Grunde habe ich keine Verwendung dafür und betrete es kaum. An seine letzte Bewohnerin erinnern noch schwarz gewordene Tuchfetzen, die sie von außen zwischen Türrahmen und Wand gestopft haben muß, um die Zugluft abzuhalten. An der Wand gegenüber hängt ein Poster von Magritte; der bekannte Baum, in dessen Stamm sich eine Tür mit Durchblick auf ein weit entferntes, nächtlich erleuchtetes Haus öffnet. Den kleinen Eisenherd, der an dieser Stelle stand, hat der Neffe, oder wer immer, nicht weit unter dem Wasserfall in den Bach gekippt; verschmutzen kann er ihn nicht, und die Vorschriften sind, was Ufergestaltung und dergleichen betrifft, hierzulande nicht streng. So erscheint mein Haus jetzt, dunkel gebeizt, mit blanker Fensterzeile und mächtigem Steindach, als das einzige heimatschutzwürdige Objekt im Ort.

Das wollte ich anzeigen.

Nachschrift: Der Kunstfehler, der sich beim Einbau des Badezimmers ereignete, steht mit dieser Geschichte in keinerlei Zusammenhang. Der Polier hatte, gegen besseres Wissen, mit seinem Bitumen-Kocher den nötigen Abstand zu brennbaren Gebäudeteilen einzuhalten unterlassen. Als der Kocher, sei's durch unsachgemäße Behandlung, sei's durch jahrelange Abnützung, explodierte, spritzte die glühende Teermasse nicht nur über den Vorplatz, sondern auch durch die Ritzen der Scheune auf Stroh, Holz und Brikettvorräte, die dort liegengeblieben waren, und das Feuer breitete sich schlagartig aus. Bei Föhnlage hätte es nicht nur auf mein Haus übergegriffen, sondern wohl darüber hinaus, es wäre nicht das erste Mal gewesen, daß das Dorf mit Stumpf und Stiel niedergebrannt wäre. Bei herrschender Windstille aber gelang es erst den Arbeitern, von denen keiner zu Schaden kam, dann der Feuerwehr, den Brand auf die Scheune und den anschließenden Durchgang zu beschränken. Diese Gebäudegruppe brannte, samt der Holzbeige, aus, mußte aber nach einigem Hin und Her – ich bin Advokat – von der Versicherungsgesellschaft des Unternehmers wieder aufgerichtet werden; dank der gleichmäßig neuen Steinbedachung, die in einigen Jahren Patina ansetzen wird, wirkt die Komposition, an der ich sehr gehangen habe, wieder intakt. Das Wohnhaus ist zwar auf seiner Nordseite von der Lohe geschwärzt worden; da ich es aber auch auf den andern Seiten habe beizen und imprägnieren lassen, ist der Effekt unauffällig geworden, man kann sagen, er sei der Wetterfestigkeit und dem Alter des Hauses zugute gekommen.

GABRIELE WOHMANN

Guilty

In einem autobiographischen Abschnitt ohne Überblick, in einer Phase der Genügsamkeit hatte Walter diese Frau geheiratet, und jetzt stapfte sie selbstzufrieden aus den Brandungswellen mit den Worten: Beim heutigen Bad habe ich das Meer endlich wieder als Partner empfunden.
Mit der allmorgendlichen Grausamkeit sagte Walter nach einem Blick auf die Armbanduhr: Du warst achteinhalb Minuten drin. Das dämpfte sie nicht ganz unerheblich. Natürlich hatten kleine Sticheleien keine größere Bedeutung als ein Schluckauf, doch in dieser langjährigen und gewissermaßen hypochondrischen Ehe zählte jedes Detail. Mit übellaunigen Reaktionen auf die bestehenden Verhältnisse, beispielsweise eines Ferienvormittags in der Badehütte Nr. 34, schädigten sie einander. Sie waren stets einer durch den andern in Ansteckungsgefahr. Sie bekamen so ihre Mitleidsanfälle, einer für den andern. Vera packte gelegentlich der Jammer beim Anblick von Walters gefaßtem, aber ratlos enttäuschtem Gesicht, wenn über einen Tag ohne Regenfront oder Nebelnässen entschieden war: eigentlich bevorzugte er Wettersituationen auf der Kippe. Walter erkannte die elende Wahrheit, Veras unglückliches Bewußtsein vom Älterwerden mit

dem ganzen Mangel an Vergnügen, wenn Vera, mutig zur Selbstironie entschlossen, wie aus Laune sagte: Mein Haar gehörte in die Hände von Fachleuten. Sofort nach diesem statement spürte dann aber vor allem Vera wieder einen Kummer: über Walter. Sie bekam ihren postembryonalen Schub vorsätzlich, das fiel ihr jeweils leicht, und sie beschloß, wenig später zu äußern: Walter, bitte, nimm du dich dessen an. Des schlaffen ausgelichteten Grases auf meiner Schädeldecke. Schneid alles kurz, so wie du es für richtig hältst.

Es würde also beinah genügen, eine Liste meiner versammelten Unbarmherzigkeiten aufzustellen, dachte Walter, früh morgens schon unterdrückt vom Zwang, sich selber richtig authentisch in die Rolle einer Person vorauszuerfinden, der ein gesetzesbrecherisches Handeln möglich war. Die eine Straftat schließlich begeht: also Folge der Anamnese meines Lebens und Soseins, dachte Walter, bei mir müßte eine Menschenrechtsverletzung als plausibel und konsequent erscheinen.

Doch was ihm auch einfiel und vorübergehend einleuchtete, immer genügten seine moralisch schwerwiegenden Verstöße nicht, um Gesetzeshüter gegen ihn zu alarmieren. Walter nahm sich vor, Vera später am Tag mit der Äußerung zu konfrontieren, die ungefähr so lauten sollte: Zwar empfinde ich mich durchaus als einen Spezialisten für seelische Verkümmerungen, als einen Hysterie-Experten und potentiellen Abgleiter in asoziale Lethargien, in Verwahrlosungen und Verwurmungen, Verschimmelungen von sämtlichen beruflichen und gesellschaftlichen Bindungen, wohlgemerkt – so wäre es, so müßte es sein, gäbe es nicht dich, Vera ... Wenn sie ihn bis in diese Exaltationen hinein hätte reden lassen, würde er nun endlich mit der befreienden Wahrheit herausrücken: Ich habe also alles global durchdacht, mitten in einem wahren Ausbruch von Spürsinn für meine Daseinsgewissenlosigkeit, wirklich und wahr, doch zum Konflikt mit dem Gesetz und Fall für verdammte Schöffen und Staatsanwälte reicht kein noch so gravierender Makel, was eine Schande ist fürs StGB mehr noch als für mich, womöglich; ein Skandal ist diese Aussage über die ethischen Anforderungen durch das Strafrecht –

Warum so weitschweifig? Vera sähe längst voraus und ihm an, seinem geröteten Gesicht, seinen stechenden Augen, daß er verkünden wollte: Ich schreibe zum dritten- und letztenmal dem guten Kesselbaum ab. Ich beteilige mich nicht an dieser Anthologie. Gut, meinetwegen, schlecht, dann bin ich eben auch bei dieser Gelegenheit mal wieder das Opfer der Erkenntnis: Walter, armer Hund, vom Genie trennen dich riesige geistige Räume, die weiten verheißungsvollen Irrwege und Schreckensstrecken durch den latenten Wahnsinn. Du bist nichts weiter als die auf ihre Weise doch auch unentbehrliche, nicht sehr facettenreiche, gutartige und nützliche Sorte Künstler, die in jeder Epoche in ziemlich großer Zahl gebraucht wird wie die Gründüngungspflanze auf dem Acker für irgendwelche Nährstoffe, der wenigen kostbaren extremen Luxusexemplare unverzichtbare Daseinsvoraussetzung. So eine bodenbereitende Art. Du bist Humus. Nutzbrache. Es wird jeweils von der Aufmerksamkeit der Verfasser abhängen, auch von Zettelkästen und vom Verlagsdiktat über den Umfang dieses Sekundärwerks, ob ich dereinst in Zusammenfassungen der wichtigsten Strömungen unserer Kultur und ihrer Vertreter auftauche oder weggelassen werde.

Dem Genie ist bis hin zum Mord alles vorstellbar. Mir nicht. Lieber Herr Kesselbaum, es tut mir leid, daß ich Sie sehr lang hinhielt, doch bin ich zuversichtlich, was den Ersatz meines Beitrags durch den von Kollegen betrifft. Alles Gute für Ihre Anthologie. Und so weiter. Viel-

leicht noch eine etwas weinerliche Bemerkung über Walters schwerwiegende Entdeckung seiner Zuständigkeit für die nicht strafbaren Vergehen. Kesselbaum würde umso betrübter gerade auf Walters Mitarbeit verzichten. Denkbar wäre eine allerletzte Rückfrage: Aber die Verstümmelungen der menschlichen Beziehungen, lieber bester Walter Kreuzer, würden durchaus in den Rahmen passen! Mord an Altnazi z. B. haben wir schon gleich zweimal. Übernehmen Sie die kleinen Alltagsgreuel, bleiben Sie ein ganz typischer Walter Kreuzer!
Walter erwischte Vera bei einem bekümmerten Blick auf den weiblichen Hotelgast, den sie „gealterte Künstlerin“ nannten, und fühlte wieder den unmutigen Jammer über sich als einen, der seiner Frau nicht in den entscheidenden Krisen beistand. O ja, Vera hatte Schwierigkeiten mit dem Älterwerden, und er tat nur so, als bemerke er es nicht. Für eine Frau ist das Altwerden nur bei völliger Übereinstimmung mit der weiblichen Rolle mehr oder weniger gut möglich. Vera stimmte nicht überein. Walter versuchte, es jetzt sofort über sich zu bringen und ihr was Nettes über ihr Aussehen zu sagen. Es kam jedoch nur die Mitteilung *Du siehst heut so gesund aus* zustande. Ich könnte ein besserer Mensch werden einfach da-

durch, daß ich ein besser gelaunter Mensch würde, fand Walter.
Sehr gut geht es mir trotzdem nicht, sagte Vera, die sich um einen halben Ferientag betrogen fühlte, denn das hatte sie zurückgeworfen: Auf dem verstohlenen Weg in die Kellerbereiche der Damentoiletten war sie dem jungen, etwas arroganten Geschäftsführer begegnet. Nach dem Frühstück! Nach der Frühstückszigarette! Das war zu deutlich, zu banal, fast lehrbuchhaft, furchtbar eindeutig. Sie konnte nicht ausgerechnet den jungen geschniegelten Geschäftsführer als Komplizen bei ihrem täglichen Kampf um eine geregelte Verdauung gebrauchen. Wie gesund auch immer ich aussehe, sagte Vera, ich fühle den Wetterwechsel. Magen, Kopf, Zwerchfellgebiet. Du weißt Bescheid.
Und mehr noch, übers Bescheidwissen hinaus: Walter selber litte von dieser Zustandsschilderung an unter ähnlich gearteten Erscheinungen, in ehelicher Verbundenheit, aber in stilisierter, pathetischerer Spielart. Walter beantwortete, wie vorausgesehen, Veras Frage nach seinem Befinden mit seinem Imprimatur-Gestus: Es ähnelt, alles in allem, einer Art Lebensuntauglichkeit. Es hat was von bevorstehender Herzattacke. Ringförmig, kranzförmig sticht es hier, links oberhalb, du weißt, was ich meine. – Du

solltest vielleicht das Coffein weglassen, sagte Vera. – Eher den Käse, sagte Walter. Wie könnte eine systematische, ganz nette Zanksüchtigkeit innerhalb dieser Ehe mit Jahresringen mich ins Verbrechen führen, überlegte er ohne nennenswerte Zuversicht.

An einem Menschenleben mich zu vergreifen, das käme selbst bei größtem Haß oder Ekel, wie vor dem schnarchenden Mann im Nebenzimmer, für mich nicht in Frage. Ich morde übermütig und leichten Herzens total unbeschwert kleine bis mittlere Insekten. Doch von einer bestimmten Größe an wird es sogar bei Ungeziefer schwierig. Es wird unangenehm. Einfach ekelhaft, einen Brechreiz machend. Es hat nicht das mindeste mit Erbarmen und *Respekt vor dem Leben* zu tun, wenn ich von Schmetterlingen an, aufwärts über Mäuse, Hunde bis hin zu Menschen nicht töten kann. Ja, es ist eine Art Raumfrage, diese Mordunfähigkeit. Er wollte in einer sarkastischen Formulierung sich Vera gegenüber zu diesem Ergebnis seiner Selbsterforschung äußern, doch dann ließ er es sein. Sie liefen durch den zwerghaften Wald ihren langsamen Slalom zwischen Kiefern und Eichen.

Walter hatte schon mehrere zwingend triftige Ansichten abgelassen, heute vormittag. Bei-

spielsweise über das Hotelgastehepaar am Nebentisch im immer etwas klaustrophobischen Rondell, das Walter und Vera dennoch nicht aufgaben, denn hier plazierte der Chefkellner die Spitzengäste, ruhige Leute ohne Kinder, alte Kunden des *Rubens*. Walter hatte kleine zynische Höhepunkte erreicht und außerdem festgestellt, die meisten Gäste des *Rubens* sähen wie Kandidaten in einer Fernsehquiz-Sendung aus. Oft fand er seine Anmerkungen zur Gegenwart so treffend und druckfertig, daß er sie nicht erst vorbrachte, es erschien ihm so schade drum, er mied die Mühe, sie in sich zu speichern, er fürchtete sich vor der großen Vergeudung. Oh, gar nicht mehr weiter zu denken, dann erlitte ich auch keine Verluste! Einfach zu verkarsten, in aller Stille, salzig.
Plötzlich, eines Spätnachmittags, legte er los. Vielmehr: Es legte los, in ihm. Dieses schöpferische Etwas. Aus dem schöpferischen Beben an der Spitze seiner stets belauschten Nervenenden war es zum Impetusknall gekommen. Das ungeborene kleine Universum des Beitrags für Kesselbaums Kriminal-Anthologie wollte aus sich heraustreten. Mit einem Gegengesicht gewissermaßen beantwortete er Veras inschriftartiges Gesicht, darauf zu lesen war: Unvollständige Miktion. Sie hatte soeben das mit dem

Bad kombinierte WC verlassen, blickte introvertiert wie immer nach der physiologischen Einsamkeit im WC und dann auf ihn und seinen abwehrenden Ausdruck: Abstand halten! Achtung: produktiver Moment! Arme Vera, die wirklich nicht gesund aussah, wie er behauptet hatte: nicht ihr zuliebe. Mit trüber Pechvogelmiene wegen der unvollkommenen Leistung ihrer Harnblase musterte Vera sich nun geradezu schüchtern und etwas feige im dreigeteilten Frisierspiegel. Ich sollte ihr zu Hilfe eilen, dachte Walter, es muß diesem Haar zu helfen sein, diesen glatten Fasern, die sich viel zu treu an das Gesetz der Schwerkraft halten. Wie oft stand doch Vera ihm bei! Es ging nicht gerecht zu zwischen ihnen.
Walter war ein Künstler, der offiziell unter der Last litt, eine Doppelbegabung zu sein. Insgeheim – aber Vera ahnte einiges davon – war gerade diese Last Walters große innere Ausrede. Obwohl Walter jetzt seine Produktionsmaske trug, angeberisch und beiläufig zugleich aussah, wagte Vera die kurze Störung: Für Kesselbaum? Du hast was? – Unterlassener Beistand oder so, murrte Walter.
Vera machte es sich mit der Zeitung bequem. Nun war auch das monströse Rock-Idol tot, mit dem amerikanischen Traum ging es mehr und

mehr zuende. Vera unterdrückte die Einleitung zu einer Betrachtung über die unterschiedlichen Reaktionen der Medien auf die beiden Toten des Sommers. Der radikale Träumer auf dem philosophischen Ufer, ob er das Neue nun schaute, dort angekommen, worin noch keiner war, im utopischen Platz des Heimwehs, der in die Kindheit schien? Vera wollte nicht nochmals Walter stören. Sie war ja insgesamt recht froh, daß der gute alte Peter Kesselbaum als Anthologist so hartnäckig auf Walters Mitarbeit bestand. Gut für Walter, gut für sie selber, wenn man ihn aus seinem Versteck zwischen den beiden Lagern seiner Talente holte. Dort trieb er sich zaudernd schuldbewußt herum, und kam er dabei der Bildenden Kunst näher, so zog es ihn gewiß unweigerlich doch gleich darauf stärker wieder in den Bereich seiner Notizen. Ihm jetzt ein *Atme aus* zuzurufen, konnte sie sich dennoch nicht verkneifen, denn sie liebte ihn ganzheitlich. Walter, am Prozeß des Inhalierens von Nikotin jeweils noch sehr beteiligt, vergaß den Vorgang stets kurz danach, so daß sich der Hauptteil des Qualms in ihm niederschlug, gewiß das Verheerende vorbereitend.
Guter alter Peter Kesselbaum, einer, der mal nicht locker ließ. Walter hatte ihm zwar bei der ersten Absage geschrieben, in letzter Zeit lebe

er doch wieder sehr dem Zeichnen zugewandt, ja sogar auch der Malerei. Und das in einem Zug mit dem Beteiligungsverzicht bei der nicht gleichgültigen Ausstellung der Gruppe Quint, Begründung: augenblicklich sei er ausschließlich mit kleinen, prosa-artigen Texten befaßt. So ein Hin und Her! Der unschlüssige Walter. Aus Unschuld und Berechnung, aus dieser Mixtur bildeten sich die Defekte seines Fortkommens. Manchmal empfing er eine Botschaft von außen, von einem schutzengelförmigen Walterbeobachter, dem erschien er in einem übergeordneten Sucher. Walter wurde klarsichtig im Bewußtsein aufgeklärt: alles Verschwendung und Überanstrengung. Gib auf, alter Freund. Es kommt nicht auf dich an. Finde dich ab. Du befriedigst ja nicht einmal dich selber. Denk an die wahren Bedürfnisse der Mitmenschen, an die Größenordnung. Wenn du nicht als Idol dereinst Massen zu deinem Begräbnis anlockst, wenn du nicht Millionen illuminierst, kannst du genausogut einen netten blöden Teppich weben fürs kleine häusliche Glücksgefühl einer einzelnen weiblichen Person, beziehungsweise alles bleibenlassen. Deiner bedarf die Masse nicht. Deiner bedarf auch die Minderheit nicht unbedingt und bedingungslos.
Walter tat es leid um seine ungeschriebenen

Marginalien. Zum Phänomen der kosmischen Botschaft beispielsweise hatte er vielversprechende glimpses. Doch hielt er sich an sein Gelübde und machte Vera zuliebe keine einzige Notiz, die nicht mit dem Anthologiebeitrag zusammenhing. Du bist nicht Kierkegaard oder Schopenhauer, Walter, vergiß das bitte nicht, rief Vera ihm von Zeit zu Zeit zu, frei von jeder Boshaftigkeit. Im Gegenteil, wieder erschien dem eher zaghaften Walter so ein Imperativ als eine Mutprobe auf dem Terrain von Veras ganzheitlicher Methode, nach der sie ihn liebte. Es entsprach einem *Kau gut* mitten im Essen oder dem *Ausatmen, Walter* mitten im Rauchen.

Walter, der seiner Inspiration folgen wollte, stieß bei der Suche nach Papier mit Vorläufigkeitscharakter für einen nur möglicherweise verwertbaren Einfall auf einen Briefbogen in der Hotelzimmerschreibmappe, der mit Veras runden Buchstaben schon besetzt war. Er las: „Heiratsschwindel". „Angst vor Erpressung" oder „Reaktion auf Erpressung". – Hatte Vera Wind von der Geschichte mit Melanie bekommen? Dieser Tragikomödie vom Wert einer Krebsvorsorge in Sachen Libido? Von Zeit zu Zeit schien doch auch Vera selber kleine Informationsübungen nötig zu haben und sogar

anzustellen, es schien ihr einfach wohl wichtig zu sein, herauszubekommen, ob ihr Endokrinium noch funktionierte. Sie beide aber besaßen zu viel Sinn für Situationskomik, um auf Passionen samt Geschlechtsverkehr noch hereinzufallen. Walter schrieb *Fahrerflucht, anonyme Briefe* in Druckbuchstaben unter Veras Stichworte. Für eine Abart von Fahrerflucht wäre Vera vor drei Jahren beinah mal zuständig geworden. Die anonymen Briefe hatte er daruntergesetzt, weil er das alte liebe gewohnheitsmäßige traurige Vorschußmitleid für Vera empfand. Ach, wir armen kleinen Alltagsverbrecher! Kriminelle mit Potenzschwierigkeiten. Walter blickte düster in ein Gestrüpp von Verknöcherungen und Lässigkeiten, durch das sie Tag für Tag sich ihren keineswegs rodenden, ausholzenden Weg bahnten, strauchelnde Schritte, auf die Abendversöhnlichkeiten zu. Unterstützt von den paar langjährigen Lebensgefährten der pharmazeutischen Industrie.
Was war das vorhin für ein Schreibanfall, erkundigte sich Vera beim Abendessen im Rondell. Sie erwarteten den Hauptgang. Zuvor hatten sie die Kotelettesserei dieses Sommers, dann die phantasielose Küche insgesamt beschimpft. Beim Dessert sah man immer zu viel vom Teller. In der Retrospektive wären auch

die langwierigen Ferien dieses Sommers wieder die vollkommene Erholung mit der raffiniert kalkulierten Dosis gegenseitiger Verständigung darüber, daß sie sich langweilten. Einander das Schmählichste, Peinlichste einzugestehen, Langeweile, das war innigste Verschmelzung, das war erwachsene Liebe. Sie stellten sich also ab und zu die Sinnfrage.
Hat es mit der Krimisache zu tun gehabt, Walter? – Doch, ja, antwortete Walter. Er fühlte sich alarmiert, er bekäme seinen kleinen Kranz aus Stichen in der Gegend, wo leider sein Organ *Herz* zu vermuten war. Er machte ein entsprechendes Gesicht. Bitte nicht beim Essen, ja? Zusätzlich begann die Mundtrockenheit. – Also hat es nichts weiter mit der Krimisache zu tun, schloß Vera scharf und nicht zu kurz.
Sie sah aber schon abgefertigt und abgewürgt aus. Walter wußte Bescheid darüber, daß seine Unbehaglichkeit sich nun artig schleimig kriecherisch in ihr breitmachte. Vera empfand wieder die Unannehmlichkeit, mit dem Rücken zum Rondell und anschließendem Hauptspeisesaal sitzen zu müssen. Sie fühlte sich von den Kellnerinnen, Kellnern und besonders vom Geschäftsführer verspottet und verachtet. Jeder Bissen war ihr mißgönnt! Diese gefräßige Person da! Immer die ersten beim Essen, sie und

er, *Künstlerehepaar!* Polycolorkunststoffhaare, doppelte Tönungswäsche: ein klarer Fall von Unfähigkeit, im Einverständnis mit der beträchtlichen Zahl an Lebensjahren schlicht und gemütlich älter zu werden. Die Platte mit dem Hauptgericht kam: kathartisch. Zu wenig Gemüse. Wieso nennen die das „choix de légumes", wenn es sich nur um Blumenkohl – knapp, überwiegend Mehlschwitzensoße – und pro Person ein Scheibchen überbackene Aubergine handelt. Das Kotelett dieses Abends war ein Schnitzel, wie eingemummt in Panierung.

Wie auch immer: das Essen als solches übte eine friedenstiftende Wirkung aus, und Walter redete freiwillig: Es hat durchaus in gewisser Weise mit der Kesselbaum-Geschichte zu tun gehabt, vorhin. Wenn auch nicht unmittelbar. Ich muß einfach jetzt folgendermaßen handeln: bei jeglicher Idee muß ich so tun, als wäre sie eine Art Tintenfisch, falls Tintenfische das sind, diese fangarmigen Dinger. Ich quetsche auf meiner jeweiligen Idee herum, bis sie ein paar Fangarme kriegt, und die recken sich in die Richtung Kesselbaum-Text. Hm? Listig? Trickreich?

Vera wirkte nicht übermäßig beeindruckt. Beim Verlassen des Speisesaals machten beide stark unbeteiligte, abgelenkte Gesichter, um auch

diesmal wieder das unfröhliche Kunststück abzuliefern, sich grußlos, ganz gewiß ohne den dumpfen Zuruf *Mahlzeit,* an allen Gästen und Tischen vorbei in die Lounge zu retten. Mit der Grüßerei erst anzufangen, war solch eine Vergeudung. Manchmal erleichterte es allerdings auch das Kommen und Gehen im Hotel, wenn man einfach stumpfsinnig nett war zu den Leuten. Doch oft schon hatten Vera und Walter sich gerade dann zum Nettsein und zu einer Einwilligung, Anpassung entschlossen, wenn die Abreise der Gruß-, Wunsch- und Kopfnickpartner schon kurz darauf erfolgte. Verschwendeter Aufwand! Und so landeten diese immer etwas zu umweltfeindlichen alten Gäste des *Rubens* mit dem diskret behandelten Vorjahres- und Vorzugspreis, dem Verlust ihres Selbstwertgefühls ziemlich nah, in den roten und grünen Plastikpolstern der Loungesessel.
Nachdem es vorbei war mit jeder Spannung, denn das Abendessen lag wie ein Sprengkörper in seinem Magen und war total erlebt, erfahren, wurde nun erlitten, jetzt vor dem offenen Geheimnis des übrigen Abends, schien Walter der Schreibimpuls nicht als Polyp verwendbar zu sein. Die Idee war eine Meeresfrucht besonderer Art, eine Lesefrucht, die ihre Tinte verspritzte: in Walters saugfähigem Bewußtsein.

Er kritzelte ungeduldig wie von inwendigen Dias ab. Immer wie auf der Flucht vor der eigenen Unlust. Vorm Verschwinden seiner eigenen Ausdauer. Das Elend der Kugelschreiber ergäbe allzu bald die nicht einmal ganz verlogene Entschuldigung für sein Erlahmen. Auch könnte er wieder dieses Thema aufgreifen: Je weniger Pflichten man hat, desto widerwärtiger werden sie einem. Es ging ihnen Sommer für Sommer so. Mit dem Satz *Das Meer ist schön, aber schön genug ist es auch wieder nicht* wollte er demnächst morgens in der Badehütte Vera irritieren. Täglich der kleine Groll und mittlere Neid auf ihr eifriges Verschwinden in der Brandung. Es wundert mich, daß ein doch eher skeptischer Mensch, wie du es bist, sich überhaupt einläßt auf so etwas wie *Baden.* In dieser mulmigen fischigen wurmigen Brühe da, Vera. Alles verdammt natürlich. Nichts als geistlose Natur. Du blickst arglos auf einen schwarzen Punkt im Sand, du willst bei der Sache bleiben und *denken,* da *regt* sich das verdammte *Leben* auch schon wieder und entpuppt sich, ist irgendeine Larve, schlüpft aus, macht seine überflüssige Metamorphose. Es widert mich an.
Doch noch hielt sie an, die starke Bewegung einer sehr persönlichen Ergriffenheit. Dieser

Denkanstoß und Schreibimpuls war ihm durch einen Fund entstanden: in einem Sammelband über das Phänomen *Alter* war ihm die Schlußbemerkung – stammte sie von Gombrowicz? – eines Essays schon beim ersten Lesen wie ein Plagiat vorgekommen. Das muß von mir selber sein, hatte er damals gedacht. Als die Erinnerung an diesen Satz ganz ungerufen zurückgekehrt war und an seiner inneren Wahrnehmung vorbeitrödeln wollte wie der übrige Bewußtseinsplunder, im Fahrwasser der geringfügigen Überraschungen zunächst unauffällig, wirkte das Wort für Wort noch täuschender auf Walter: als ein originaler Walter Kreuzer. So nahm er das fremde Gut und Strandgut guten Gewissens bei sich auf. *Von da an war eine Schwierigkeit zwischen mich und die Vergangenheit getreten.* Der Originalverfasser hatte zuvor seinen Herzinfarkt beschrieben. Walter glückte mühelos die Schreckensvorstellung einer seiner eingebildeten Herzattacken, denn die Hysterie spiegelt die Wahrheit, die Vorstellung ist schon die Wirklichkeit, die Erfindung ist stärker als die Realität: für Künstler zumal und für Doppelbegabungen wie Walter erst recht. Schein-Herzattacken nach zu viel Belastung des Kreislaufs durch *Rubens*-Mahlzeiten, tierische Fette,

holländische Weißmehlfrühstücksüberfütterungen.
Walter verpaßte dem kleinen Tilmann den üblichen strafenden Blick, eine frühkindliche Schädigung, zu der 30 Jahre später, im Verlauf einer Sitzung beim Psychotherapeuten, keine Spuren zurückführen würden. Sodann, mit zwanghaft nachempfundenem Entsetzen, dem beinah schon Vokabeln genügten wie *Herz, Versagen, Schwäche,* brannte Walter darauf, den fremden Satz in einen eigenen zu verwandeln. Er befand sich im Stadium aufgeregter Inspiriertheit. Oft in derartigen Situationen kam er damit aus, zwei oder drei Substantive, auch Verben, auszuwechseln. Im *Rubens* fehlten ihm Sprachbrockhaus und Synonymenlexikon. Es machte aber Spaß, selbständig fündig zu werden. Walter blickte aus dem Fenster von Nr. 67 in die räudige Dünenszene, verfleckt von Campingzelten. Vera fand offenbar nicht, daß von seiner Pose etwas ausreichend Sinnendes und Kreatives ausging, denn sie fragte: Genießt du es, Seeblick und so weiter? Er nahm eine Art von kosmonautischem Ausdruck an, wollte wirken wie einer, der erdabgewandt soeben noch den Mond geschaut hat, und sagte: Es entbehrt alles durchaus eines gewissen Reizes.

Während er den Satz sich aneignete und dabei viel zu wortreich paraphrasierte, hatte er nicht den Eindruck, etwas Unanständiges zu tun. Auch nichts Unredliches. Nicht wirklich. Nein, er war ohne Unrechtsbewußtsein, wie immer, wenn ihn ein anderer, Schriftsteller oder bildender Künstler, nur sozusagen überholt hatte. Ihm zuvorkam. Das passierte. War Zeitgenossenschaft. Bei seinem letzten Bild vor der Abreise – o ja: welch glückhaft unerwartete Landung im Lager der Malerei, der Farbtöpfe und Pinsel! – hatte Walter ein ähnliches Rechtsempfinden, obwohl er, sein Ocker vorsichtig ins wichtigtuerisch abschattierte Weiß und Grauweiß tröpfelnd, mit jedem frohlockenden Millimeter dem guten alten Denkbert hinterherfühlte. Wie so oft, ein wenig chronisch. Das meiste gelang Walter eher besser als dem Wegbereiter, und nach getaner Arbeit offenbarte Walters Abbild sich als das geglücktere Bild. Das wahrere Original. Das Resultat, welches Denkbert vorgeschwebt haben mochte. Gerade die Abweichungen von Denkbert machten den Qualitätsunterschied. Es war einfach so, daß Denkbert seine, Walters, Phantasie in Bewegung versetzte. Anschließend sog Walter den nachbarlichen Gruß des Kollegen, das Urbild und Vorbild, schaffensfroh in sich auf.

Noch immer war keiner hinter Walters kleines Produktionsgeheimnis gekommen. Er hatte nicht vor, es für Peter Kesselbaum zu lüften. Finger weg! Es paßte in die Zeit seines Nachdenkens über das Thema *Ein Verbrechen, das auch ich begehen könnte*, daß ihm der Schock versetzt wurde, auf diese Weise längst ein wenig schuldig geworden zu sein. Er verstieß zumindest gegen ungeschriebene Gesetze. Sofort verlor er die Lust an Gombrowicz und allem.
Vera lief genüßlich barfuß im Seesand. Walter faßte Mut, holte Atem: Unser ganzes Benehmen am Strand sieht nach Imitation aus, findest du nicht? Du badest, und schon ergibt sich das vorgestanzte Reklamebild *Herumtollen. Austoben.* Hundertmal schöner mit Creme 99. Hm? Und dann schob er die dringende Flaschenpost hinterher: Übrigens, Vera, ich überlege doch wieder, ob der verfluchte Kesselbaum nicht eine vierte und allerletzte Abfuhr wert ist, sagte er zu Vera, die ihn daraufhin *nicht mehr ernst nehmen* konnte, *lächerlich* fand – sie drückte sich unsommerlich, unferienmäßig aus. – Es zieht mich mehr in die Richtung Zeichnen, murrte Walter lügenhaft.
Die fünf Wochen *Rubens*-Hotel, Dünenkamm, Meerblick standen doch wie jedes Jahr unter

dem Schutz der Gewohnheit, derzufolge Walter ganz von Angesicht zu Angesicht mit der wie bloßgestellten Natur der Küste sich ausruhen und erfrischen sollte, als Doppeltalent quasi zweigleisig zurückkehrend in die frühen ersten Unterrichtsmethoden und Unterweisungen, weit weg von den Anforderungen der Trends und der Moden. Benennen und Abzeichnen. Vergleichen und Nachfahren. Was war denn geworden aus dem behütenden Oberbegriff und Titel der Sommerferien: „Walter möchte fünf Wochen lang nach der Natur produzieren." Kleine Abbildungen in Satzaussagen oder Linien und Gestrichel. Walter wie am Anlegeplatz seines rätselhaften Heimwehs nach den einfacheren und selbstverständlicheren Tagen vor der Aufspaltung in eine Doppelbegabung. Vor den Reflexionen. Als noch wirklich was geschah. Als er das Meer noch schreibend verglich: mit Schiefer, Schindeln, geraffeltem Waschblech. Blechkanister-, Abfalleimermeer. Verfilztes Filzmeer. Es sieht heute aus, als würde es rückwärts schwappen. Hinter dem Brandungsgetöse knurrt das Meer wie ein Aggregat. Wäre das Ganze nicht der Ozean, dann könnte man ziemlich bald darüber weggehen. Unschuldige Zeiten vor dieser Frigidität gegenüber den Eindrücken! Als das Meer

noch, im Gegenlicht, in einer Welle vor der Brechung, wie Coca-Cola aussah, wie flüssiges Aspik, Pechsträhne einer Hausfrau beim Geleekochen, malzige trübe Bierschaumflut.
Nun sah das Meer wie das Meer aus. Von irgendeinem sehr einfallslosen und erschöpften Punkt in seiner Doppelautobiographie an mußte es Walter bequem geworden sein: recht so, daß Kollegen und Kritiker ihn wie einen Ball über die Spielfelder schubsten. Von der Bildenden Kunst in die Literatur. Immer dorthin zurück, von wo er gerade herangetrödelt war. Aber es hatte sich als risikofern erwiesen. Keine Kritik schädigte ihn ja jemals universal, traf seine gesamte Existenz. In Wahrheit, dachte Walter, schreibe oder zeichne ich überhaupt nur aus Angst vor Herzstillstand.
Vera saß seit letztem Montag nicht mehr so gern nach den Mahlzeiten in der Lounge. Hinterm Rezeptionspult wurde ein neues junges Mädchen angelernt. Walter – der es, seit die kleine dunkle Unschuld dort kindlich besorgt alles zu begreifen versuchte, so einrichtete, daß sein Blick wie teilnahmslos-absichtslos, einfach richtungsgebunden dorthin ging, etwas allzu wenig pfiffig, etwas allzu stiernackig, wie er so einheimsend blickte und blickte – Walter war schuld.

Sie hat was Persisches. Oder Java. Jamaica, sagte er, getrieben vom Bedürfnis, über das Mädchen mit Vera zu reden, bei gleichzeitigem Ziel, mit seiner Neugier nicht auffällig zu werden. Wenn das mal keine Ambonesin ist, sagte Vera mit der Stimme, die Walter sofort alles verriet. Eine Molukkerin. Walter, wie wäre es mit Voyeurismus? – Warum nicht gleich Vergewaltigung. – Weil du nicht initiativ genug bist. Doch Voyeurismus würde gehen. – Schon gut, sagt Walter.

Arme älter werdende Vera im Zwischenzustand ohne Selbstverständnis. Das Abenteuer der Frauenbewegung ging sie nichts an. Wie gut sie beispielsweise photographieren konnte, interessierte die Zeitschriftenredakteure und die Verleger nicht. Das Erlebnis, eine Mutter zu sein, vermasselte er, Walter, ihr auch gründlich, nachdem sie das Erlebnis der Schwangerschaft reichlich unbeschädigt überstanden hatte. Jawohl, er war nicht nett genug zu Veras Kind. Auf dessen Vater er übrigens nie die Bevorzugung eines eifersüchtigen Gefühls gewandt hatte. Dem Kind aber war er nicht gewogen genug. Wenn es nicht so gut gebaut, schlank, drahtig und hellblond wäre, wer weiß, dann wäre dieses Kind mir vielleicht trotz aller absolut unväterlichen inneren Haltung näher.

Oder als Mädchen. Im Hotel gab es so ein kleines Mädchen. Es hielt sich aus den Freundschaften mit andern Kindern ernst und streng heraus. Spielte nirgendwo mit. Wenn die Eltern und das kleine stämmige Mädchen spazierengingen, sahen nur die Eltern entspannt und gelöst aus. Das Kind schleppte sich immer mit einer großen Puppe ab, schleppte vorsichtig die Puppe, deren Gesicht vorzeitig gereift aussah, das Kind trug die Verantwortung oft auch für eine rote Tasche, der getreuen Nachahmung einer Erwachsenentasche. Wäre Veras Kind auch so eine anrührende speckige kleine Gestalt, ja dann! Dunkelhaarig und unbestimmt hilfsbedürftig.

Daß Walter nicht nett genug war zu Veras zwölfjährigem Sohn, wog schwerer, weil er Liebe oder Interesse für Kinder bisweilen durchblicken ließ. Ich könnte mir plötzlich vorstellen, daß ich täglich zwischen fünf und sechs am Spätnachmittag in den Sommerferien ein Kind rauben würde, begann Walter vielversprechend und, weit genug entfernt von den Papiervorräten im Zimmer 67, hoffnungsvoll gut gelaunt. Ein ziemlich dickes, nicht hellblondes Kind mit einem altmodischen Gesicht, etwas spanisch vielleicht. Ein Kind, das gewissermaßen *sattsam* aussähe.

Dann notier dir's, riet Vera, schreib alles auf, laß aber *sattsam* weg und andere Spinnereien auch. – Du möchtest nichts über meine Motive wissen, fragte Walter. Vera trank ihren Kaffee immer sehr konzentriert auf die Qualität, und so war Walter ein dringlicher Blick in Richtung Rezeption gut möglich. Dieses südostasiatische Mädchen als dickes weiches breiiges ernsthaftes Kind, wie erschütternd, solches Fleisch zu umfassen. Zu sorgen für Beinchen, Ärmchen, in Sorge sein zu müssen für den teigwarenhaften Körper mit seiner warmen Bäckereiausdünstung. Zwischen fünf und sechs, auch bis gegen halb sieben bestand die tägliche Gefahr für Walter, einer seiner neurotischen Attacken zu erliegen. Möglicherweise bin ich ein verkappter Epileptiker, dachte er. Der Anfall samt Speichelschaum und furchtbarem Schrei kann nur gerade immer noch nicht aus mir heraus. Ich würde überhaupt nichts weiter machen mit dem Kind, plante Walter. Ich würde allerdings versuchen, einen Quetschlaut, kehlig, aus ihm herauszubringen. Danach der Trost. Ich wüßte überhaupt nicht, wie *Mißbrauch* geht. Am wahrscheinlichsten ist jedoch, daß mir das Ganze ziemlich sofort langweilig wäre.

Ein Nachlassen von allem, ein Ausschleichen

von jeder Regung, das käme mir wie meine wahre Fassung vor. Walter sagte zu Vera: Ich bin jetzt dicht dran. An einem oblomovartigen Verschwinden aus der Welt der ganzen Interessierten und verdammten Teilnehmer.
Was dich nicht vor den Kadi brächte, erwiderte Vera, die seiner Blickrichtung wegen Grund hatte zum Widerstand.
Mit der wahnsinnigen inneren Sehnsucht danach, gefaßt zu werden, ich triebe es weit und verkäme. Das läßt die Gesellschaft nicht zu.
Auch ich würde es verhindern, zum Beispiel mit Hilfe vom lieben Berninger. Vera meinte den Neurologen, der Walter und ihr schon in frühesten Zeiten geholfen hatte. Nur ab und zu noch erschraken sie beide wie von neuem über irgendeine alte Erscheinung und zeigten sich in der Praxis, wo sie gern gesehen waren, als Spaßvögel und Witzbolde, denen stets kurz, wenn auch kurzfristig beizukommen war.
Zechprellerei? Hotelrechnungen bezahlte Walter jeweils sehr ungern. Wie beim Nachempfinden eines Denkbert blieb er ohne Unrechtsbewußtsein, wenn er sich ausmalte, einen Hotelier um den Preis für eine schlaflose Nacht und ein ausgeklügelt geiziges trostloses Zimmer, schlechten Frühstückskaffee und miserable Radioübertragung zu betrügen. Er empfand die

Diskrepanz zwischen geleistetem Dienst und finanzieller Entschädigung als beleidigend. Doch schon Schwarzfahren ließ er bleiben. Vor allen Leuten erwischt zu werden und einem knechtischen hirnlosen Schaffner zum rechthaberischen Höhepunkt seines miesen Tageslaufs zu verhelfen, dazu war Walter sich zu schade.

Unterschriftsfälschung und überhaupt Fälschung, empfahl Vera. Vera verstand was vom Fälschen, als Frau in ihrer kniffligen Lage zwischen Photographien von früher – ein wenig clownshaft, etwas ephebisch – und dem heraufziehenden Unwetter der klimakterischen Bewölkung. Walter nahm sich die warmherzige Geste eines Ansichtskartengrußes für ihren hellblonden Sohn vor. Du Schuft, beschimpfte er sich, dreckiger Abschaum, läßt es zu und sie für richtig halten, daß dieses Kind in einem Internat lebt. Wir sollten das ändern, Vera, hörte er sich gleichwohl nicht sagen. Immerhin wuchs das Kind dort erstens nach den menschenfreundlichen Gesetzen der Walldorfleute auf, zweitens und vor allem nicht im Dunstkreis seines stiefväterlichen Argwohns. So geschah allen wohl das Beste im grauen Rahmen um das schlechte Bild von ihren nicht strafbaren Delikten.

Vera erzählte, vom *Fischpalais* mit einem Sonderhering für Walter zurückkommend, sie habe die ambonesische Molukkerin in Zivil gesehen, und es sei besser für sie, wenn in geschmacklicher Hinsicht ihr Dienstherr für sie entscheide. – Ein gelbes Geschlapper um sie herum. Wenig ansehnlich. – Mit einer Gesichtsfarbe wie ihrer könnte selbst Gelb eine Möglichkeit sein, sagte Walter ohne gute Absicht.

Von der dritten Ferienwoche an schlich Walter gern um die kleine Polizeistation von De Havn; er brauchte nur fünf Minuten bis dorthin, den ziegelgepflasterten Straßen folgend. Alles hügelab, vom *Rubens* aus. Er spähte durch die wabengemusterten Vorhänge. Das Telephon. Der Schreibtisch. Diese gewisse Kahlheit. Für die Akustik von sachlichen Verhörstimmen. Alles wirkte so wohltuend ferienfern. Keine Genußpflicht. Keine bunten Farben. Keine belangvolle Angelegenheit wie das Meer. Walter sah sich dort eintreten, endlich den kleinen, karg möblierten Raum und die Aktenordner kennenlernen.

Am besten würde es zu mir passen, in einen falschen Verdacht zu geraten, beantwortete Walter bei der Rückkehr ins *Rubens,* Zimmer Nr. 67, Veras Frage nach seiner Herumtreiberei. – Seit ein paar Tagen brauchst du für den

Weg zum Postamt und zurück fast die doppelte Zeit. Was treibst du eigentlich? – Zuerst war es nur der übliche Voyeurismus. Dann kam Vergewaltigung hinzu, sagte Walter, aber er hätte viel lieber jetzt keinerlei Witze gemacht. Sich anvertraut statt dessen. Ganzheitlich nach Veras Methode in die gemeinsame große alte Liebe einzusteigen, jetzt, Vera ins unermeßlich zerdehnte Vertrauen ziehen! Noch radikaler als mit dem Eingeständnis von Langeweile oder von Herzkranzsticheleiängsten!
Die Zunge, die Vera ihm rausstreckte, erinnerte ihn an die Frühstücksplatte im *Rubens*-Rondell, an eine der blaßrosigen Schinkenscheiben, die er immer heimlich nachsalzte. Heimwehverloren, trostkrank schaute Vera morgens nach dem Marmeladeabschnitt ihrer ersten Mahlzeit zu ihm hin, sein Zureden suchend: Ja, Liebes, nimm ruhig vom Schinken. Die Seeluft zehrt. Greif zu! Doch mit einer Beiläufigkeit, die er erst noch in sich erfinden müßte, sollte Walter ihr einfach so, aus jedem Zusammenhang herausgerissen, wie nebenher zu verstehen geben, daß die Zeit ihrer sämtlichen Auftritte in Hosen aller Art endgültig abgelaufen war! Immer wenn ich freundlich bin, bin ich eigentlich feige. Ich kenne die wahre Barmherzigkeit nicht, ich kenne das Wohlwollen mit mir.

Manchmal beginne ich einen Tag überhaupt nur, um einzumünden in die friedfertige Einwilligung vor dem Einschlafen, ich lebe hin auf das Ziel: Genug für heute! Ich nehme meine Schlaftablette und warte auf meine Sanftheit. Gelobt sei Hoffmann-La Roche!
Walter erschütterte der lustige Ausdruck in Veras Gesicht, denn sie wußte schon gar nicht mehr, daß sie betrübt sein müßte, es *war*, ja, doch wohl noch immer, trotz aller Gehirnwäsche durch ihn. Schlechtes Wetter, Walter, freust du dich auch so? Gemütlicher Regen, gleich wird er losprasseln. Vera und ihre enttäuschte Hoffnung auf braune Haut! Vera kam ihm wie eine Science-fiction-Romanheldin vor, besinnungslos depersonalisiert. Und wenn sie abends das Military-Look-Kleid anzog, sofort physisch übel dran war, ahnte sie nicht, daß sie auch hierin, endokrin überschwemmt, dem Depersonalisationsproblem unterworfen war. Walter mag mich in diesem Kleid, dachte Vera, der Arme, wie wenig gestehe ich ihm zu! Nur für die knappe Stunde Klaustrophobie im Rondell plus Kotelettesserei dieses blöde Kleid! Angeschafft seiner Gürtellosigkeit wegen, damit mir die Ernährung nicht im Zwerchfell steckenbleibt. Alles mir zuliebe, was er für meine Gnädigkeiten hält. Armer Teufel. Wie

er es gestern doch wieder riskiert hat, einen Artikel über Weltraumsachen zu lesen. Vorsichtiges Gesicht! Auf der Hut vor astronomischen Dimensionen. Es hatte sich vorläufig nur um einen Aufsatz mit dem Titel *Unser Sternenhimmel im August* gehandelt. Walter war besänftigt von der Vorstellung, in einem Sprachraum zu leben, in dem das ekelhaft entfernte galaktische Gefunkel in der Nacht als *Milchstraße* anheimelnd daherkam.
Mit einer Allee aus alten Laubbäumen im Hintergrund gefiele das Meer mir besser, sagte er. Er fing an, Platanen zu zeichnen. Doch sobald er die Fläche Meer angehen mußte, näherte seine Stimulation sich wieder einem Denkbert aus dessen informellen Tagen, und diesmal, dem Fälschermotiv in zu authentischer Nähe, Peter Kesselbaums Anthologiegedrängel dauernd in den inspirierten Gehörgängen, diesmal war sein kollegiales Gefieber ihm selber eine etwas beschämende Last. Schluß damit! Kaum sehe ich einen fremden Einfall wie das Meer, da beschlagnahme ich auch schon dieses Eigentum und mache es zu meinem, dachte Walter und sagte: Immer dieser Schulddruck, bevor man im Wasser war. In der verdammten eisigen Suppe für germanische Sportler. – 18,5 Grad, sagte Vera mit heimtückischer Aufrich-

tigkeit. Sie hatte den ganzen leidigen Aufwand *Nordseewellen / Salz Sonne Luft / Ausgelassenheit* bereits hinter sich und daher gut reden. – Es ist nicht unser Element, knurrte Walter. Je garstiger er das Meerbad denunzierte, bevor er es nahm, desto rascher klappte es mit erstem Benetzen und schnaubendem Eintauchen. Ein etwas lächerliches inwendiges Jubilieren sprengte sein Zwerchfell, ein kleines Gebrüll, doch jedesmal in der Brandung. Bis dann irgendein unvermutet angenäherter Bademützenkopf ihn von Wasser zu Wasser menschlich-robbenhaft anjauchzte und Walter sich entschloß, bitterlich zurückzugrinsen.

Oder bis plötzlich eine Welle tödlich ernst zu nehmen war. Sie riß ihn knöchelaufwärts um. Walter, frisch gerettet, fühlte sich wie ein fast Eingeweihter. Ein kurzes heftiges Sterbeerschrecken begleitete ihn auf dem nassen kalten Trott zur Badehütte, und er spürte die angelernte Verzweiflung sämtlicher Meerbäder über sich selber. Warum hatte er doch immer so ganz und gar keine Lust, seinem Vater in den Tod zu folgen? Walter wünschte lebhaft, nicht zu ertrinken. Eine scharfe eindeutige Untreue dem gestorbenen Vater gegenüber versetzte ihm einen Stich. Nicht polizeilich meldepflichtig. Und doch: es ist soweit. Am 27. August melde

ich mich in der kleinen, angenehm berufsatmosphärischen Polizeistation.
Aber am 27. lag zunächst mal wie gewöhnlich zwischen zehn und elf das gute Frühstück mit gutem Kaffee zum unguten Geschwür verklumpt in Walters Magen, während er auf der Dorfstraße stand und abwartete, bis Vera die stockkonservative Tageszeitung mit dem hochinteressanten Feuilleton gekauft hatte. Als sie vor dem Geschäft erschien, fiel Walter die Trennung von einem schöpferischen Anstoß schwer. Zum Plagiat an der Natur. Das tief beeindruckende, verlockende Modell war ein in sich, in seine Schiebevorrichtung verrutschter faltbarer Behelfskinderwagen. Ein erbärmliches, bejammernswertes Lebewesen, ein ungeheuerlich neugeborener Insasse, war mit dem Notgefährt verschoben, ins Gestänge gekauert. Dennoch hielt das für diese Welt wie aus purer Waghalsigkeit und Leichtfertigkeit oder versehentlich geborene Kind, Mitglied der Schöpfungsgeschichte, in dem Vorentwurf zu seiner Hand zwischen entsetzlich gefährdeten Fingern eine Ansichtskarte. Sie war mit den altmodischen Buchstaben einer greisenhaften, vorsichtigen Handschrift bedeckt. Das Kleinstkind sah so lebensunfähig wie ein Greis aus. Auch nach Apnoe, diesem Notstand des unentwickelten

Nervensystems, Atemstillstand der Neugeborenen. Ich müßte das Kind anstoßen, dachte Walter. Es ist die Maßnahme bei Apnoe. So ein Gegensatz: dieses winzigste Kleinlebewesen und der Ansichtskartengruß von seiner Großmutter wahrscheinlich. Zwei Weggefährten, Grenzgänger, dem Tod ungefähr gleich nah, danach und davor. Walter erkannte jetzt, woran ihn das Baby im Faltwagen erinnerte: so jämmerlich zusammengeschubst und verschoben hatte die postoperative, von der Narkose noch immer babyhaft benommene Tante Bertha in ihrem medizinischen Stuhl gehockt, rätselhaft schamlos und doch nicht ganz ohne Würde. Ihre Würde: das war der absolut kindische, sklerotische Trotz, mit dem die Tante Bertha das Atemmaschinchen verweigerte. Der Ansichtskarte vom Zwergkind, der seltsam passende Kontrast, entsprach dort auf der Wachstation die Nuckelröhre, durch welche Tante Bertha total ungeniert Milch aufnahm, fast fröhlich bekümmert. Graue Zöpfe, geflochten von einer der Krankenschwesternjugendlichen, die alle, haubenlos, unklinisch, in einer Art Zivil- und Kompromißkittel, wie Jungbuchhändlerinnen aussahen und nicht nach Trost und Beistand in schwerer Stunde.

Walter hatte zu einem dieser drahtigen hart-

gesottenen patientenfeindlichen Hobbythekmädchen *Ich frage mich, ob Sie wissen, daß ich ziemlich sensibel bin* sagen wollen, während er, um aseptisch genug zu sein für die Tante Bertha – todkrank aus Lust an der Auseinandersetzung mit dem Arzt – in eine Art Overall steigen mußte, in weißes Klinikzeug mit nicht hermetisch abschließenden gestrickten Wollbündchen am Hals und an den Handgelenken. – Ich fürchte doch, die Wachstation ist nichts für mich, wollte er dem Mädchen in blauer Garnitur – aus Batik oder was? – anvertrauen, stülpte aber gehorsam, mit gefälschter Sorglosigkeit, Plastikhüllen über seine Schuhe. Neugierig war er zu diesem Zeitpunkt fast überhaupt nicht mehr.
Doch viele Alpträume der folgenden Tage, ja ein wahres Trauma wäre mir erspart geblieben, sagte er zu Vera, hätte ich nur vorher schon irgendwann mal die Tante Bertha gesehen, wenn sie ihr Gebiß nicht trägt. Der Eindruck vom Kachektischen und Moribunden sollte nichts gewesen sein als ein optischer Trick! Ein entferntes Gebiß! In jeder normalen Nacht könnte sie mich so täuschen, würde ich so um ihr letztes Stündlein zittern, ich Amateur! Alter Hasenfuß, Angsthasenexperte! Er schaute beim Gehen den Waldrand entlang auf Ge-

hölz, das aber beinah jedesmal als kleiner Hase wegsprang. Was trennt den Hasen von der Ratte und verschont ihn vor dem Ekel des Menschen? Das liebe Osterfest: jetzt nicht zur Hasenfreundin namens Vera sagen. Todeskandidat! Er fühlte sich so stark reingelegt von der Tante Bertha, die bis in die intensivsten wachsamsten Stationen des Sophienhospitals hinein Glück hatte mit ihrer Hinterlist.
Das Abstellen einer Sauerstoffzufuhr oder so was, Vera, ich hätte mein Thema, sagte Walter. Wäre ich nicht zu diskret, dann hätte ich es. – Autobiographisches, und wenn es noch so abgemildert ist, laß besser weg, bat Vera. Ich bin heilfroh, daß wir mit den Scherers wieder reden. Und so weiter und so weiter. Ja?
O diese gutmütige geruhsame Art, ihn in einem erzählerischen Rausch trockenzulegen, ihn auszunüchtern, bevor er sich noch richtig hatte besäuseln können! Hirnlos hirnverbrannt, adieu, alte Tante Bertha, und Ciao, meine Ohrfeige, nicht versetzt, aber schön erfunden, ins vor- und nachgeburtliche Gesicht der widerspenstigen Patientin. Insgeheim bewunderte er die zähe uralte Frau, gleichzeitig fest entschlossen, ihr nie zu verzeihen, daß sie den kleinen Schnauzerhund Guilty überlebte und überlebte.

Es bekommt mir nicht, jetzt an Guilty zu denken! Walter flehte sein Langzeitgedächtnis an. Gib Ruhe! O nur nicht Guilty jetzt noch. Ich war dem zotteligen, küchenabfallfarbenen Tier immer ein guter Herr, mit der prinzipiellen Einschränkung, daß jeder Zuspruch und Zuruf, freundlich oder pädagogisch, jeglicher Appell den Hund Guilty, der es nicht wissen konnte, bezichtigte und verspottete. Guilty sah mit den Jahren wie von selbst verurteilt aus. Walter hatte einen eher häßlichen, bestimmt mitleiderregenden Hund haben wollen und dann gegen Veras *Hamlet* sein *Guilty* durchgesetzt. Auch *Hamlet* wäre keine Freundlichkeit Guilty gegenüber gewesen, und Guilty schien alles das über seine Herren immer genauer zu wissen, staubgrau enttäuscht und ungewiß flehentlich, so blickte er zu ihnen auf, in seiner ganzen Willensschwäche, mit seiner ewigen Naschsucht.

O armer, unglückseliger Guilty. Schuldig! Es ist soweit. Ich gehe. Ich betrete die Polizeistation. Da bin ich. Bitte, verhaften Sie mich. Ich bin schuldig. Verstehen Sie vielleicht Englisch besser? Guilty, mein Name, beziehungsweise der meines frühverstorbenen Hundes. Meine Schuldgeschichte muß mit dem Satz beendet sein, den ich meiner Ehefrau Vera zum

Frühstück schuldhaft straffrei serviert habe: Mir träumte von dir, und du warst aber erst ungefähr 19, 20. Sehr knackig, sehr schmal. – Ich habe es allerdings vermieden, *Du hattest sehr üppiges und auch langes Haar* hinzuzufügen. Es ist alles in allem schon besser, wenn Sie mich ohne lange Verhörerei festnehmen.

Walter ging als der Absender seines kurzen, endlich diesmal unambitionierten Briefs an Peter Kesselbaum zum Postamt. Er brachte seinen allerletzten und wirklich unumstößlich definitiv strikt lustlosen Rückzieher auf seinen weiten Weg von der holländischen Küste nach Süddeutschland, ins mit einer gewissen Vorsätzlichkeit ein wenig unordentliche Zimmer von Kesselbaums Lektorat. Walter fühlte sich frei und sonderbar unbescholten. Er hatte in der langen Krankengeschichte seiner täglichen seelischen Schwächen und moralischen Gebrechlichkeiten die fieberhafte Klimax überwunden. Er ging leichtfüßig, aber mit benebeltem Kopf, ein angenehmes Empfinden von Rekonvaleszenz sagte ihm sehr zu. Ein überaus korrekter Bürger steckt in mir, eine vorbildliche Unfähigkeit, die Sünden des menschlichen Bewußtseins überhaupt zu ertragen. Ich begehe sie, aber um welch hohen Preis des Leidens! Obwohl ich eine Doppelbegabung bin und also zwei unabsehbar

weite Gebiete künstlerisch zu nutzen habe, erschreckt mich mein sträfliches, gesetzesbuchstabengetreues, menschlich allzu menschliches Verhaftetsein viel zu sehr für jeden spielerischen, leichtfertig schöpferischen Umgang damit. Verhaftet, ich bin es, der sichtbaren Handschellen nicht bedürftig. Ein Hoch auf die Ordnung! Es reicht, ich habe genug. Lieber Peter Kesselbaum, keine Schilderung eines bei mir denkbaren kriminellen Handelns ist mir möglich, Genie hin, Genie her. Besäße ich holländische Sprachkenntnisse, noch heute fände ich mich bei der zuständigen Polizeistelle ein als der steckbrieflich gesuchte Totschläger einer Stubenfliege. Daß ich den Marienkäfer am Leben ließ, liegt nur an dessen Status als Symbol und an seinem possierlichen Namen, mir ekelt im Grunde vor all dem Zeug mit kleinem Puls und Atmungsorganen.
Walter beschloß, die Beförderung seines Briefs an den Verlag mit einem Umweg durch das Grüne Viertel zu feiern. Er hatte Lust, einen gutartigen, freundschaftlichen Blick auf die Welt zu werfen, zunächst einmal wie zu Übungszwecken auf kleinere Ausschnitte. Anschließend im Zimmer 67 würde er seine Frau in einen zärtlichen ehelichen Clinch nehmen, in der Bühnenversion der Positur *Umarmung*,

schon hörte er ihr behagenverströmendes Wörtergerinnsel: Recht hattest du, diese Anthologie fällt sowieso den Rezensenten nicht weiter auf. Erholen, das solltest du dich. – Ach, schöne Erlahmung!
Zwei berittene Polizisten kamen aus dem winzigen verkrüppelten Wald. Die Pferde verkleinerten den Wald zusätzlich. Riesige Körper! Leiber! Imponiergehabe und warmes, dampfendes Schnauben. Die Polizisten thronten hoch auf den Pferden und sahen wichtigtuerisch über Walter weg. Der machte sein gutbürgerlichstes, staatsfreundlichstes Gesicht. Er war so beeindruckt von den Pferden, daß er etwas tat, das er sonst streng strikt eisig eisern vermied: jemandem oder etwas – etwas Lebendem, Gegenstände waren nicht inbegriffen – nachstarren. Nie starrte er zum Beispiel auch einer Frau nach, dieses Eingeständnis seiner Bewunderung gönnte er auch nicht der Schönsten. Es geschah nie, um Vera zu schonen. Es hatte mit ihm selber zu tun. Nur damit. Er und Stehenbleiben, Nachstarren: so stand Walter im Waldeingang, fast nicht niedriger als der höchste zerschundene Kiefernstamm, starrte den gewaltigen schaukelnden Pferden nach.
Sodomie?